Les Six Compagnons
et la clef-minute

Série *Les Six Compagnons* dans la Bibliothèque Verte

Les Six Compagnons et les agents secrets
Les Six Compagnons et le cigare volant
Les Six Compagnons hors la loi
Les Six Compagnons et la bouteille à la mer
Les Six Compagnons au concours hippique
Les Six Compagnons à Scotland Yard
Les Six Compagnons et le château maudit
Les Six Compagnons à l'étang de Berre
Les Six Compagnons et le carré magique
Les Six Compagnons et l'homme au gant
Les Six Compagnons se jettent à l'eau
Les Six Compagnons et le chasseur de scoops
Les Six Compagnons et la clef-minute
Les Six Compagnons devant les caméras
Les Six Compagnons dans la ville rose
Les Six Compagnons de la Croix-Rousse

Paul-Jacques Bonzon

Les Six Compagnons et la clef-minute

HACHETTE

À Olivier Lambert
avec mes amitiés.
P.-J. B.

Hachette Livre, 43, quai de Grenelle, 75015 Paris.

Chapitre 1

En sortant du lycée

Ce matin-là, un lundi de juin, j'arrivai presque en retard au lycée. La veille au soir, j'avais lu un roman captivant sur une expédition polaire et je n'avais éteint ma lumière qu'après minuit.

À sept heures, j'avais bien entendu mon réveil sonner, mais je m'étais rendormi et c'est ma mère qui m'avait secoué, juste à temps pour avaler mon petit déjeuner et filer avec mon cartable.

Quand j'arrivai devant les grilles du lycée, le concierge fermait la porte. Il bougonna en la rouvrant et je me précipitai vers la salle de classe où mes camarades étaient déjà installés.

« Eh bien, Tidou ! me lança le prof de math. En retard, vous ? Ce n'est pas dans vos habitudes. »

Je n'avais aucune excuse. Je déballai vivement mes affaires, et m'assis à ma place à côté de Gnafron, un garçon aux cheveux noirs comme des ailes de corbeau, qui faisait partie de l'équipe des « Six Compagnons », comme on nous appelait.

« Il t'est arrivé quelque chose ? me souffla-t-il. Quelqu'un de malade, chez toi ?... Ton chien ?

— Non, un roman trop passionnant, hier soir, dans mon lit ; je me suis endormi à une heure impossible.

— C'était si palpitant ?... Tu me raconteras, à la sortie.

— L'histoire est trop compliquée, je te passerai plutôt le bouquin. »

J'étais encore tellement sous l'emprise de ma lecture, que j'eus du mal à me concentrer. Les trois heures de cours me parurent ce matin-là interminables. Enfin l'heure de la sortie sonna. Dehors, je retrouvai les autres Compagnons : Bistèque, le fils d'un commis boucher, le cuisinier de la bande au cours de nos expéditions ; la Guille, le fantaisiste, virtuose de l'harmonica ; et le Tondu, coiffé du béret basque qui cachait son crâne déplumé depuis qu'une maladie d'enfance l'avait laissé complètement chauve.

C'était l'usage, quand nous nous retrouvions sur le boulevard de la Croix-Rousse, de nous attarder pour bavarder, avant de rentrer déjeuner, chacun chez soi.

« Allons attendre Mady, proposa le Tondu. Le lundi, elle sort de son lycée à onze heures, elle aussi. »

Il avait à peine achevé que notre camarade parut, au bout du trottoir, venant rapidement à notre rencontre, l'air rieur, comme toujours. Quelle chic fille, Mady ! Nous l'avions adoptée dans notre équipe depuis l'époque où, atteinte d'une maladie des os, nous la trimbalions dans une chaise longue de notre fabrication, montée sur roues. Sa simplicité nous plaisait... et même guérie, elle était restée si généreuse, toujours prête à rendre service.

« Bonjour à tous ! lança-t-elle en distribuant des poignées de main. Quel temps splendide après ce sale dimanche pluvieux ! Qu'est-ce que vous racontez de beau ?

— Rien d'intéressant, répondit Gnafron. Nous avons joué aux cartes et aux échecs dans la “Caverne” pendant que la Guille nous charmait avec son harmonica... Et toi ?

— Moi, au contraire, j'ai quelque chose à vous dire. Hier, avec mes parents, je suis allée voir ma grand-mère, dans la banlieue, et j'y ai fait une rencontre.

— Un ours ?... Un hippopotame ? fit Bistèque.

— Non, c'est sérieux. Écoutez : un homme,

qui est à la fois le curé et le maire d'un village voisin, est venu rendre visite à ma grand-mère pendant que nous étions chez elle. Ils sont du même âge et se connaissent depuis leur enfance. Figurez-vous qu'il cherche des bonnes volontés pour remettre en état une vieille chapelle du XIVe siècle qui menace de s'écrouler. Il y travaille lui-même à ses moments perdus, mais il est très pris par son église et la mairie.

— Je te vois venir ! coupa Gnafron. Tu penses que nous pourrions lui donner un coup de main.

— Il est si sympathique !

— Cette chapelle, tu l'as vue ?

— Non, mais elle est, paraît-il, du plus pur style roman. Elle est dédiée à saint Laurent.

— Et tu t'es proposée pour manier la truelle. »

Mady prit un petit air gêné et expliqua :

« J'ai parlé de notre équipe. Le vieil ami de ma grand-mère vous connaît, d'ailleurs. Il a entendu parler de nous au moment de notre aventure sur la péniche ancrée au bord de la Saône[1].

— Autrement dit, fit le Tondu en souriant, nous ne pouvons pas faire autrement que de mettre la main à la pâte ! Et le lycée ?...

— Nous arrivons en fin d'année scolaire. On

1. *Les Six Compagnons se jettent à l'eau.*

ne nous donne même plus de devoirs... et les soirs sont longs en cette saison. On pourrait aller là-bas de quatre heures à huit heures, par exemple. Ce n'est pas loin..., et je ne compte pas les jours de congé. On parle tellement à la télé et à la radio des chefs-d'œuvre en péril ! Qu'en penses-tu, Tidou ? »

Elle s'adressait à moi puisque, depuis le départ de notre camarade Corget pour Toulouse, j'étais devenu en quelque sorte le chef de l'équipe. Le projet désintéressé de Mady me séduisait.

« D'accord, Mady, mais jusqu'aux vacances seulement. Tu sais que nous devons partir le 5 juillet pour le Midi.

— Entendu. En quinze jours, à six, on peut abattre de la besogne. Vous ne savez pas le plaisir que vous ferez au vieil ami de ma grand-mère. Si vous voulez, ce soir, nous irons faire un tour là-bas. »

Là-dessus, nous poursuivîmes notre chemin, respirant à pleins poumons l'air de juin si agréable après l'humidité de la veille. Tout à coup, Gnafron, le « petit » Gnafron comme on l'appelait, à cause de sa taille, s'arrêta et se tourna vers Mady en riant :

« Tu es décidément une drôle de fille. Avec ton air de ne pas y toucher, tu nous ferais passer par un trou d'aiguille !... »

Chapitre 2

Un peintre barbu

À vrai dire, sur le coup, la proposition de Mady n'avait pas emballé mes camarades. Cependant, peu à peu, l'idée de faire œuvre utile, de passer quelques bonnes heures, chaque soir, à la campagne, finit par les séduire.

L'après-midi, dès la fin des cours, nous descendîmes vers la Rampe des Pirates jusqu'à notre « Caverne », c'est ainsi que nous avions baptisé cet ancien atelier de tisserand où nous rangions nos vélomoteurs, soigneusement entretenus par le Tondu, le mécanicien de l'équipe.

Bientôt, tout le monde se mit en route pour Saint-Laurent-d'Aunay, le village où se situait la chapelle en question. Mon chien Kafi faisait partie de l'expédition. J'avais eu le temps de passer chez moi, rue de la Petite-Lune, pour le prendre. Il aimait tellement la campagne. Pour une si courte distance, il nous suivrait à « pattes » au lieu de se faire trimbaler dans la remorque que je lui avais fabriquée. Une douzaine de kilomètres ne lui faisaient pas peur, si nous ne roulions pas comme des fous.

Il était déjà cinq heures et demie quand, après nous être deux fois trompés de chemin, nous arrivâmes à Saint-Laurent-d'Aunay, un village tout en longueur, composé d'une seule rue ou presque.

« Puisque le maire est aussi le curé du pays, dit Mady, il habite probablement au presbytère... et la cure doit se trouver près de l'église. »

Cette église se situait au centre du bourg, un peu en retrait. Elle était assez banale avec un clocher sans style, datant sans doute du siècle dernier. Un passant nous indiqua le presbytère, une maison massive, trapue, dont la façade avait grand besoin d'être ravalée. Je laissai Mady sonner. Un homme d'une soixantaine d'années vint ouvrir, la pipe aux lèvres ; il avait un visage tout rond, jovial, dans lequel brillaient de petits yeux pleins d'intelligence.

« Ah ! s'exclama-t-il en reconnaissant Mady, te voilà ! Et tu m'as amené tes camarades ! C'est vraiment chic de ta part.

— Oui, bredouilla Mady, oui, monsieur le... monsieur le... »

Le vieil ami de sa grand-mère sourit.

« Toi non plus, tu ne sais pas comment m'appeler : "Monsieur le maire" ou "monsieur le curé" ? Mes administrés eux-mêmes y perdent leur latin. Ils ont résolu la question en disant tout simplement "Monsieur Sabatier". Faites-en autant.

— Bien, monsieur Sabatier », reprit Mady.

Elle nous présenta alors les uns après les autres, excusant le Tondu pour son béret qu'il gardait sur la tête, et en expliquant la raison.

« Et ce beau chien ? demanda le prêtre, il est aussi à vous ? »

J'expliquai que je l'avais élevé tout petit, au biberon, dans mon village de Provence, et que nous l'avions dressé comme un chien policier à cause de son flair extraordinaire.

M. Sabatier se pencha pour lui donner quelques tapes amicales auxquelles Kafi répondit par de frénétiques battements de queue. Puis il déclara :

« La chapelle est assez loin d'ici, à trois kilomètres. Reprenez vos vélomoteurs ; je vais sortir le mien. »

Par de petits chemins tortueux, il nous conduisit jusqu'à l'entrée d'une forêt en bordure de laquelle se détachait, entourée de ronces et de broussailles, la fameuse chapelle.

« Voyez, expliqua notre cicérone, les murs commencent à se lézarder, et les pierres ont besoin d'être rejointoyées pour consolider les murs. Vous savez manier la truelle ? Ne vous tracassez pas, je vous montrerai. Pour commencer, il faudrait dégager les abords de toutes ces plantes sauvages. »

Il sortit de sa poche une énorme clef, correspondant à l'imposante serrure, puis une autre, plus petite pour ouvrir le cadenas passé dans une chaîne. Comme je demandais la raison de tant de précautions pour une chapelle désaffectée, il dit à mi-voix, presque sur un ton de confidence :

« On n'en prend jamais assez. Les vols sont devenus fréquents dans les églises. Souvenez-vous des cambrioleurs de la cathédrale de Cologne, en Allemagne, qui ont réussi à percer les voûtes de l'édifice pour se laisser descendre au bout de filins et emporter un trésor d'une valeur prodigieuse.

— Cette chapelle abandonnée renferme-t-elle quelque chose de précieux ? » demanda Bistèque.

M. Sabatier posa un doigt sur ses lèvres.

« Chut ! ne m'en demandez pas trop. »

La porte ouverte, nous pénétrâmes dans l'ancien sanctuaire qui, par ses dimensions exiguës, n'était guère qu'un oratoire.

« Regardez ces voûtes en plein cintre, dit notre guide. Quel dommage de laisser tomber en ruine ce petit joyau d'architecture... Mais au prix actuel de la main-d'œuvre...

— Pourtant, puisque vous êtes aussi le maire du village, fit la Guille, vous pourriez débloquer des crédits. »

M. Sabatier eut un mouvement d'épaules.

« Bien sûr, mais mes administrés, des paysans pour la plupart, ne savent pas apprécier cette architecture. Ils préfèrent la nouvelle église de style rococo. »

Je cherchai du regard ce que l'édifice pouvait renfermer de précieux. Était-ce le tableau accroché derrière l'autel ? une toile si sombre que, de loin, il était difficile de distinguer ce qu'elle représentait. C'est Mady qui posa la question.

« Est-ce cette peinture qui aurait quelque valeur ? »

Notre guide ne répondit pas directement. Il nous dit seulement de nous approcher pour mieux voir. Puis, il demanda :

« Vous savez quelque chose sur la vie de saint Laurent, le patron de notre paroisse ? »

Personne ne répondit ; il poursuivit :

« Saint Laurent vivait au IIIe siècle. C'était un être d'une bonté, d'une générosité totales. Chargé de distribuer les richesses de l'Église aux pauvres, il fut sommé par le préfet de Rome de les lui livrer et fut condamné à être étendu sur un gril de fer rougi. Approchez-vous de la toile, jeunes gens, et regardez bien.

— Oui, je vois, s'exclama Gnafron. D'une

main, saint Laurent tient une sorte de gril et, de l'autre, un gros livre.

— En effet, et c'est ainsi que de nombreux peintres l'ont représenté : un gril dans une main et les Évangiles dans l'autre. Certaines de ces peintures sont des chefs-d'œuvre, par exemple le *Saint Laurent* de Grünewald qui est au musée de Francfort, celui de Ghirlandaio, à Munich, ou celui de Zurbaràn à Leningrad, etc.

— Et celui-ci serait de qui ?

— Regardez la signature, dans le coin, à gauche. On ne distingue que deux initiales : *J R.* Je ne suis pas très compétent en peinture. Cette toile serait cependant du XVIe ou du XVIIe siècle... mais le sujet de notre visite n'est pas là. Parlons plutôt du travail que je vous propose. Avant d'attaquer la réfection des murs, il faudrait d'abord nettoyer les alentours de la chapelle pour qu'un camion puisse facilement décharger ses sacs de ciment. Je vous fournirai le nécessaire, haches, cisailles et même une tronçonneuse que j'emprunterai à un voisin... Quand voulez-vous commencer ?

— Dès demain, si vous voulez, répondit Mady.

— D'accord... Alors rentrons au village. Venez vous rafraîchir à la cure. Nous bavarderons un moment. »

Nous fîmes demi-tour, avec Kafi, qui nous avait suivis partout. Dix minutes plus tard, nous étions au presbytère, qui nous parut aussi délabré à l'intérieur qu'à l'extérieur. M. Sabatier nous fit entrer dans ce qu'il appelait son bureau, une grande pièce à peine meublée, où la chaleur de l'été n'avait pas encore pénétré.

« Que voulez-vous boire ? Du vin, de la bière, du jus de fruits ?

— Du jus de fruits, répondit Bistèque. Nous sommes des sportifs. Jamais d'alcool ! »

Tout souriant, notre hôte passa dans sa cuisine d'où il rapporta une bouteille de jus d'orange et sept verres. Puis, avisant Kafi qui tirait une langue longue d'une aune :

« Votre chien a soif lui aussi. »

Il repartit chercher une casserole d'eau fraîche que Kafi lapa jusqu'à la dernière goutte. Puis il s'assit parmi nous et nous posa toutes sortes de questions, sur nos études, nos projets d'avenir et aussi sur nos aventures dont il avait entendu parler.

« Au moins, ici, dit-il, vous ne risquez pas d'être mêlés à une sombre affaire. Mes administrés sont tous de braves gens. »

Nous étions là depuis une demi-heure à bavarder tranquillement, comme si nous nous connaissions depuis toujours, quand Kafi, près de moi, dressa les oreilles. Presque aussitôt, la sonnette tinta. M. Sabatier se leva pour ouvrir et se trouva en face d'un homme d'une quarantaine d'années, brun de peau, aux cheveux aussi noirs que ceux de Gnafron et au menton couvert d'une barbe abondante qui remontait en favoris frisottants jusque sur le côté des joues.

« Monsieur le maire ? demanda-t-il d'un air emprunté.

— Lui-même. Que désirez-vous ? Si c'est pour un papier à légaliser, il faudra vous adresser à mon secrétaire de mairie.

— Non, il ne s'agit pas de cela... C'est au sujet de la chapelle Saint-Laurent, du tableau qui se trouve derrière l'autel. »

Surpris, M. Sabatier fronça les sourcils.

« Vous... vous connaissez cette toile ?

— Personnellement, non, mais je suis envoyé par quelqu'un qui l'a vue récemment, un certain M. Rougemont qui, m'a-t-il dit, vous a demandé à visiter la chapelle désaffectée.

— En effet, j'ai reçu il y a quelques semaines la visite d'un homme que j'ai conduit là-bas ; un amateur de peinture, m'a-t-il semblé... mais quel rapport ?

— Je suis artiste peintre, spécialisé dans la copie des tableaux anciens. Je voudrais reproduire celui-ci. »

Et l'homme ajouta, comme pour s'excuser de ne pas faire œuvre originale :

« C'est un métier comme un autre. Il faut bien vivre, n'est-ce pas ? »

Perplexe, M. Sabatier caressa son menton rond.

« C'est que, dit-il, cette toile doit être prochainement enlevée de la chapelle. Combien vous faudrait-il de jours ?

— Je sais qu'elle n'est pas de grandes dimensions, mais cela dépend surtout du temps. S'il reste beau, l'éclairage sera suffisant pour me permettre de travailler plusieurs heures par jour. »

L'homme s'exprimait très correctement mais avec un petit accent qui transformait parfois les *u en ou.*

« Vous êtes français ? demanda M. Sabatier.

— D'origine italienne. Je suis né à Florence, la ville du monde la plus riche en œuvres d'art. C'est là que j'ai appris mon métier. J'ai deux enfants.

— Et vous habitez Lyon ?

— Oui. »

L'homme paraissait attendre avec inquiétude l'autorisation du prêtre, comme si ce travail était très important pour lui. Je supposai qu'il devait vivre modestement et que ce manque à gagner, si on lui refusait l'entrée de la chapelle, l'ennuierait beaucoup. M. Sabatier dut avoir la même pensée car après un instant de réflexion, il déclara :

« C'est bien. Je vous prêterai les clefs, mais vous les rapporterez, chaque soir, après votre séance de travail.

— Soyez rassuré, monsieur le maire. Merci infiniment.

— D'ailleurs, ces jeunes gens doivent aussi travailler là-bas. Vous voulez voir les lieux ?

— Volontiers, si je ne vous dérange pas trop. Juste pour me rendre compte de l'éclairage, bien que l'heure soit un peu tardive. »

M. Sabatier se tourna vers moi, en me tendant les deux clefs.

« Tu veux l'accompagner, Tidou ? »

Je ne me fis pas prier. Cet homme m'intriguait. Il y avait, dans son regard, quelque chose de distingué et de timide à la fois. Il me fit monter dans sa voiture ; les coussins de la banquette arrière étaient maculés de taches de peinture. La brièveté du trajet ne me donna pas le temps de lui parler. Nous étions déjà à la chapelle.

« Architecture très pure », dit le peintre, en prenant du recul pour voir l'édifice dans son ensemble.

Dès que j'eus ouvert la porte, il s'avança vers le chœur pour examiner le tableau. C'était sûrement un connaisseur, à en juger par les termes techniques qu'il employa, en le détaillant avec son léger accent italien. Pendant dix minutes, il resta en extase devant la toile. Puis il s'approcha, effleura du doigt les parties empâtées, les yeux fermés comme un aveugle lit un texte en braille. Il murmura alors :

« Oui, c'est bien ça !... »

Je le considérai curieusement et me risquai à demander :

« Qu'est-ce qui est bien ça ?

— Une peinture du XVIIe siècle.

— De qui ?

— Le nom du peintre ne te dirait sans doute rien. »

Profitant d'un rayon de soleil qui pénétrait dans la nef par une ouverture, il prit plusieurs clichés avec l'appareil photo qu'il avait sorti de sa voiture... puis quelques autres encore à l'aide d'un flash qui illumina la chapelle.

« Cela me suffit, dit-il. Je ne veux pas te retenir plus longtemps ; je reviendrai dès demain. Je ne veux pas non plus déranger une nouvelle fois M. le maire. Remonte en voiture et je te dépose devant le presbytère. »

Quand je rentrai dans le bureau, où mes camarades étaient toujours assis, M. Sabatier paraissait inquiet.

« J'aurais dû me déranger moi-même, fit-il. Que t'a dit cet homme pendant sa visite de la chapelle ?

— Il a été très intéressé par le tableau, et j'ai cru comprendre qu'il savait qui l'avait peint. Il a pris plusieurs clichés et il a dit qu'il reviendrait demain. »

M. Sabatier fronça les sourcils, l'air de plus en plus soucieux. Il réfléchit, hésitant à parler, puis, à brûle-pourpoint, nous demanda :

« Êtes-vous capables de garder un secret ?

— Oh ! protesta Mady, nous ne sommes plus des *gônes*[1]. »

Le curé alluma sa grosse pipe, tira plusieurs bouffées qui s'élevèrent vers le plafond en anneaux nébuleux et, lentement, à mi-voix, penché sur la table, comme si, dehors, quelqu'un pouvait écouter :

« Ce tableau vaut une fortune... et quand je parle de fortune, il ne s'agit pas de quelques millions d'anciens francs. »

Il y eut un silence. Le mot millions nous avait tous impressionnés. Je demandai vivement :

« Il s'agit donc d'un peintre célèbre... Qui ?

— Ces deux initiales, *J* et *R*, ne vous disent rien ? Vous ne voyez pas ?

— Non. »

Il nous laissa chercher puis, comme personne ne trouvait, lâcha un nom :

« José de Ribera ! »

Mady poussa une exclamation.

« Ribera ! J'aurais dû deviner. J'ai lu l'histoire de sa vie le mois dernier. C'est un grand artiste espagnol qui a passé une partie de sa vie en Italie et qui a eu pour maître Michel-Ange. En effet, il a peint plusieurs *Saint Laurent*. J'en ai vu des reproductions.

1. *Gônes :* nom familier donné aux enfants à Lyon.

— Celui-ci est l'un d'eux, mais il est absolument inconnu jusqu'ici. J'en ai eu récemment la preuve formelle. Bien que peu connaisseur, la facture de la toile m'avait frappé. J'ai fait venir un expert de Lyon. Il a emporté la toile pour un examen aux rayons X. Aucun doute, il s'agit d'un authentique Ribera. Le peintre signait parfois ses œuvres de ses simples initiales... ou même ne les signait pas du tout.

— Mais alors, monsieur Sabatier, dit Gnafron, si ce tableau a une telle valeur, il ne faut pas le laisser dans cette chapelle isolée, en pleine campagne.

— Jusqu'à présent, il ne craignait rien puisque personne ne lui attribuait un quelconque intérêt. Évidemment, aujourd'hui, c'est différent. J'ai reçu en trois semaines plusieurs visiteurs qui m'ont demandé à voir la toile. Je suppose que l'expert n'a pu s'empêcher d'en parler autour de lui. C'est bien regrettable.

— Si vous l'apportiez dans l'église ? suggéra la Guille.

— Il courrait encore plus de danger. L'église reste ouverte jour et nuit. D'ailleurs, la toile va bientôt quitter Saint-Laurent. C'est une confidence que je vais encore vous faire. »

Il fit une pause et poursuivit :

« En tant que maire et curé à la fois, il ne m'a pas été difficile de négocier la transaction. Je suis en pourparlers avec le musée du Louvre qui n'est pas très riche en toiles de Ribera. Bref, on m'en offre une très grosse somme et je vais enfin pouvoir réaliser mon rêve de toujours : édifier une maison de retraite pour les vieilles gens du canton qui n'ont plus de famille, une maison gaie, spacieuse, qui n'aura pas l'air d'un hospice. J'ai déjà choisi l'endroit, à flanc de colline, de ce côté, tout près d'ici, pour que les vieux ne perdent pas le contact avec la vie du village. »

Ses yeux brillaient en évoquant cette construction. Mais tout à coup son front se rembrunit.

« Oui, reprit-il, l'affaire est sur le point d'être conclue... mais c'est étrange, je suis à présent comme le savetier de La Fontaine qui ne dormait plus quand il s'est vu riche. »

Et, de nouveau tourné vers moi :

« Je suis tracassé à cause de ce peintre à qui j'ai promis les clefs. Pourtant, j'ai donné mon autorisation, je ne peux pas la retirer, d'autant plus que cet homme m'a presque fait pitié, avec son air timide. Cependant si c'était...

— Non, monsieur Sabatier, coupa Mady d'un ton assuré. Vous n'avez rien à craindre de ce côté-là. Un voleur s'y serait pris d'une autre façon. Pour moi, il s'agit d'un honnête homme qui a besoin de travailler, sans plus. »

Il était déjà tard ; le soir tombait. Gnafron, qui avait perdu son père quelques années plus tôt, devait rentrer chez lui pour aider sa mère. Nous nous levâmes. M. Sabatier nous serra les mains avec reconnaissance. Puis, comme nous enfourchions nos vélomoteurs devant le presbytère, il posa encore un doigt sur ses lèvres.

« Compris, fit le Tondu : motus et bouche cousue !... »

Et nous reprîmes avec Kafi la direction de la Croix-Rousse.

Chapitre 3

Le « Saint Laurent » a disparu

Depuis une semaine nous venions chaque soir après les cours, et toute la journée quand nous avions congé, travailler à la chapelle. Pour commencer, nous avions dégagé les abords de l'ancien sanctuaire. À six, on abat vite de la besogne. Comme nous autres, Mady avait manié la scie et la hache à en attraper des ampoules aux mains. Puis, ce travail terminé, nous avions commencé à colmater les brèches et les lézardes, à l'extérieur, et la truelle n'avait plus de secret pour nous.

Pendant ce temps, le peintre, qui s'appelait Colombani, travaillait d'arrache-pied à la copie du chef-d'œuvre de l'art espagnol, presque terminée à présent. Il ne lui restait plus qu'à la « vieillir », à lui donner la patine du temps selon un procédé dont il avait le secret.

De temps à autre, nous venions le regarder, en curieux, mais notre présence l'agaçait. Pour un Latin, il n'était pas très expansif. Quand je lui avais demandé où il habitait, à Lyon, il avait répondu évasivement comme s'il ne tenait pas à ce qu'on sût où il vivait.

M. Sabatier, lui aussi, venait le voir, mais, tout en demeurant extrêmement poli, l'homme se montrait avec lui aussi discret. Enfin, un soir, le peintre annonça qu'il en avait terminé et demanda au prêtre de venir voir son travail. Les deux toiles étaient absolument identiques. Une seule différence : la signature. Au lieu de reproduire les deux initiales *J* et *R,* Colombani avait tracé « d'après José de Ribera ».

Ayant encore remercié M. Sabatier, il replia son chevalet, ramassa ses tubes de peinture éparpillés, sa palette, et plaça le tout à l'arrière de sa voiture, une cinq-chevaux d'un modèle ancien. Puis il repartit en direction de Lyon.

« Curieux, cet homme, fit Gnafron. Il ne nous a pas dit où il habitait, à Lyon... ou plutôt nous avons l'impression qu'il n'a pas voulu le dire... et à vous, monsieur Sabatier ?

— Je ne suis pas plus renseigné. Tout ce que je sais, c'est que la personne qui lui a commandé la copie est un certain M. Rougemont.

— Oh ! s'exclama Mady, vous le soupçonnez de quelque chose de louche ?

— Non... mais à présent que le tableau est

connu, qu'on sait sa valeur, je ne suis pas tranquille. J'ai hâte que la transaction se fasse. »

Plusieurs jours passèrent. Nous arrivions au terme de l'année scolaire. L'Italien parti, nous pouvions travailler à l'intérieur de la chapelle sans déranger personne. Il y avait fort à faire mais nous étions heureux de remettre en état ce chef-d'œuvre en péril, heureux aussi de faire plaisir au sympathique M. Sabatier devenu maintenant un véritable ami.

Nous avions presque oublié le tableau, resté derrière l'autel, quand, un jour, alors que nous triturions du ciment dans une « gamate », M. Sabatier vint nous surprendre, accompagné d'un inconnu, un petit monsieur presque chauve, le revers du veston orné d'un ruban rouge.

« Voyez avec quel courage mes jeunes ouvriers bénévoles sont en train de remettre en état cette chapelle ! » s'exclama-t-il. Puis, nous présentant l'arrivant :

« Ce monsieur vient de Paris examiner le tableau. Il est envoyé par le musée du Louvre. »

Le petit monsieur nous sourit puis, tout de suite, se dirigea vers le chœur et s'arrêta devant le *Saint Laurent*. Il resta un moment immobile avant de s'approcher de la toile ; puis il se mit à l'examiner avec une extrême attention, passant sa main sur la toile pour sentir les reliefs, comme l'avait fait Colombani. Mais, brusquement, il pivota sur les talons et, d'une voix assurée, il déclara :

« Ce tableau est une copie... une excellente copie, sans doute, mais rien d'autre. »

M. Sabatier resta suffoqué.

« Une copie ? Ce n'est pas possible, l'expert lyonnais a été formel. Il s'agit d'un authentique Ribera.

— Non, c'est une copie... et même récente. L'aspect des couleurs ne peut pas tromper. Touchez, par exemple, ce sépia à peine durci.

— Mais... mais, bredouilla M. Sabatier, la signature, les initiales...

— Fausses également. Inutile de passer cette toile aux rayons X. Vous pouvez me croire. Il n'y a aucun doute possible.

— Vous mettez en doute la qualification de l'expert lyonnais ?

— Je n'ai pas dit cela. Avant de venir ici, je lui ai rendu visite. Le tableau qu'il a examiné était, d'après les clichés qu'il m'a montrés, un authentique Ribera. Mais celui-ci est un faux. »

M. Sabatier était devenu blême. Soudain, il tressaillit :

« Colombani ! s'exclama-t-il.

— Qui est Colombani ?

— Un peintre venu récemment me demander l'autorisation de reproduire le tableau. Il avait l'air sympathique et timide. Je me suis laissé abuser. »

C'était, tout de suite, l'idée qui m'était venue, à moi aussi. Je dis vivement :

« Oui, ce ne peut être que lui. Il avait les clefs de la chapelle. Avant de les rendre il a pu en faire fabriquer des copies... et il est revenu, une nuit, échanger les tableaux.

— Pourtant, protesta Mady, sur sa toile il avait signé : *d'après José de Ribera.* »

Le petit monsieur chauve plissa les paupières.

« Rien de plus facile, mademoiselle, que d'effacer un nom sur une peinture fraîche et de le remplacer par un autre... Où habite ce peintre ?

— Je l'ignore, répondit M. Sabatier, il n'a pas donné son adresse.

— Vous ne pouvez pas le retrouver ?

— Peut-être, intervint la Guille, je me souviens du numéro de sa voiture : 265 HV 69.

— Un faux numéro, probablement. »

Il y eut un silence. Puis le petit monsieur chauve reprit :

« Monsieur Sabatier, je vous conseille de prévenir la police immédiatement. À défaut de certitude, vous pouvez toujours porter plainte contre X.

— Vous avez raison. Venez avec moi à la cure. Je téléphonerai à la gendarmerie de Vaugneray, et vous prendrez vous-même le combiné pour dire qu'il y a bien eu substitution de tableaux. »

M. Sabatier remonta dans la voiture de l'inspecteur des Beaux-Arts et ils rentrèrent au village.

Du coup, nous n'eûmes plus le courage de travailler. L'amère déception de M. Sabatier était aussi la nôtre. Nous regardâmes de nouveau le tableau en pensant à Colombani que nous avions vu peindre avec application pendant plus d'une semaine.

« Bien sûr, fit Mady, il n'était pas bavard et n'aimait pas qu'on le dérangeât, mais il était sympathique ; j'ai du mal à le prendre pour un faussaire.

— Nous le saurons vite, fit Gnafron. De deux choses l'une : ou bien la plaque minéralogique de sa voiture était truquée et ce serait une preuve de sa culpabilité, ou bien elle ne l'était pas et il sera vite retrouvé.

— À moins, dit Bistèque, qu'il n'ait décampé.

— Non, dit le Tondu. Il ne savait pas que M. Sabatier avait décidé de se séparer du tableau et qu'un expert viendrait. Il devait penser que personne ne se rendrait jamais compte de rien. »

Nous discutâmes un long moment, sans nous apercevoir que le temps passait. Il fallait rentrer. Bien que la chapelle n'abritât plus rien de précieux, je la bouclai à double tour et nous repassâmes à la cure. Les coudes sur son bureau, la tête dans les mains, M. Sabatier paraissait accablé.

« J'ai alerté les gendarmes de Vaugneray, dit-il. Ils vont se mettre en rapport avec la police de Lyon... Il ne reste plus qu'à attendre. Ah ! mes jeunes amis, quel malheur... Mon beau projet de maison de retraite !... »

Le pauvre homme nous faisait de la peine. Comment le rassurer ?

« Demain, quand nous reviendrons, dit Gnafron, il y aura sûrement du nouveau. Pour moi, la toile n'a pas encore quitté Lyon. On la retrouvera. »

Ce soir-là, trop désorienté, M. Sabatier ne songea même pas à nous offrir des rafraîchissements, comme d'habitude. Nous n'aurions d'ailleurs rien accepté, car le soir tombait. Il faisait presque nuit quand nous arrivâmes à la Croix-Rousse.

Rentré chez moi, j'expliquai à mes parents la cause de mon retard et racontai ce qui venait d'arriver au vieil ami de la grand-mère de Mady. Le dîner terminé, je me retirai dans ma chambre avec mon fidèle Kafi, fatigué par une course trop rapide derrière nos vélomoteurs. Je mis longtemps à m'endormir, cherchant à percer le mystère du tableau, incapable d'admettre la culpabilité du peintre italien, bien que tout l'accusât.

Le lendemain je me levai de bonne heure, pour la dernière matinée de classe de l'année scolaire. Mes camarades, matinaux eux aussi, étaient déjà sur le boulevard, devant les grilles du lycée, avec Mady. Comme moi, ils avaient réfléchi avant de s'endormir. Pour Gnafron, la Guille et Bistèque, aucun doute, le peintre était le coupable. Le Tondu, lui, comme Mady et moi, était moins catégorique.

Dès deux heures de l'après-midi, les classes terminées pour deux mois et demi, nous dégringolâmes vers la Rampe des Pirates prendre nos engins pour filer à Saint-Laurent. Quand M. Sabatier nous ouvrit, nous comprîmes à son air sombre qu'il n'allait pas nous annoncer une bonne nouvelle.

« Ah ! jeunes gens, dit-il, l'affaire est loin d'être résolue.

— Colombani n'a pas été retrouvé ?

— Si, grâce au numéro de sa voiture, qui n'était pas falsifié. Mais une perquisition chez lui, dans une minable rue de Villeurbanne, n'a rien donné. Le tableau a disparu.

— Il n'a pas dit ce qu'il en avait fait ?

— Il a nié être l'auteur de la substitution. Il aurait livré la toile à ce nommé Rougemont qui la lui avait commandée, mais dont il n'a pas pu... ou pas voulu donner l'adresse. Le commissaire central de Villeurbanne le garde à vue, jusqu'à ce qu'il se décide à avouer. D'après la police, il cherche à gagner du temps pour permettre à Rougemont de mettre le tableau en lieu sûr.

— En prison, ne put s'empêcher de s'exclamer Mady, il est en prison ?

— C'est tout ce que je sais. Je dois me rendre tout à l'heure au commissariat de Villeurbanne pour y être entendu. Vous devriez m'accompagner puisque vous avez été en contact avec le peintre pendant plus d'une semaine. »

Comme nous, M. Sabatier n'avait comme moyen de transport qu'un simple vélomoteur. Nous partîmes avec lui sans Kafi que je n'avais pas amené cette fois-ci, parce que douze kilomètres « à pattes » parcourus à toute vitesse, cela représentait tout de même une fatigue excessive.

Une demi-heure plus tard, nous arrivions devant le commissariat central de Villeurbanne, ce faubourg populeux qui fait en réalité partie de Lyon.

Chapitre 4

L'interrogatoire

En nous voyant entrer tous les six, derrière M. Sabatier, le commissaire fronça les sourcils comme si cette arrivée en masse l'agaçait.

« Qui sont ces jeunes gens ? demanda-t-il d'une voix peu amène.

— Ils travaillaient à restaurer la chapelle en même temps que le peintre reproduisait le tableau, expliqua le prêtre. J'ai pensé qu'il serait intéressant de les entendre. En somme, ils le connaissent mieux que moi. »

Le commissaire hocha la tête et déclara :

« Je vous ai demandé de venir, monsieur le maire, pour vous confronter avec le suspect. Les charges qui pèsent contre lui sont accablantes mais il persiste à nier. Peut-être que devant vous ?... »

Et, à un agent :

« Amenez Colombani ! »

L'agent sortit. Tous les six, nous nous regardâmes, mal à l'aise, à la pensée de nous retrouver devant cet homme. Lorsqu'il apparut, il se figea sur le pas de la porte et nous lança un regard étrange, comme s'il nous accusait d'être là. Sous sa peau brune, on devinait une sorte de pâleur.

« Vous connaissez les personnes ici présentes ? lui demanda le commissaire.

— Oui, fit le peintre d'une voix neutre.

— M. le maire de Saint-Laurent a déclaré qu'un soir vous ne lui aviez pas rendu les clefs de la chapelle.

— C'est exact, monsieur le commissaire, j'avais oublié... et je m'en suis excusé le lendemain.

— Vous aviez donc la possibilité de faire exécuter des clefs semblables.

— La possibilité, oui, mais je ne l'ai pas fait.

— Cependant, vous ne pouvez pas le prouver... »

Embarrassé, Colombani eut un geste évasif.

« Comment prouver une telle chose ?...

— Et de plus, ces clefs, vous ne les avez pas rapportées le lendemain matin, mais l'après-midi seulement. Pourquoi n'êtes-vous pas allé peindre, à Saint-Laurent, ce matin-là ?

— Il pleuvait, le ciel était très sombre. L'éclairage n'aurait pas été suffisant.

— N'était-ce pas plutôt pour avoir le temps de faire reproduire les clefs ? »

Et le commissaire ajouta, à l'intention de M. Sabatier :

« Vous ne vous êtes pas inquiété de cette absence ?

— Si, monsieur le commissaire, mais, je vous l'ai dit, cet homme m'inspirait confiance... et le temps, en effet, était mauvais. »

Nouveau silence, puis le commissaire reprit :

« Revenons au tableau. Vous ne pouvez pas me faire croire que vous ne saviez rien de ce nommé Rougemont qui vous a soi-disant commandé cette copie. Lorsqu'il est venu chez vous, la première fois, il ne vous a pas dit, par exemple, quelle profession il exerçait ?

— Il a déclaré être dans les "affaires".

— C'est bien vague... Et vous ne l'avez pas revu durant toute la période où vous travailliez au tableau ?

— Il est revenu une fois, me verser un acompte.

— Quel jour ?

— Le matin où je ne suis pas allé à Saint-Laurent.

— Curieux hasard ! Il était donc sûr de vous trouver à votre domicile ?

— Si je n'avais pas été là, ma femme

l'aurait reçu. Elle ne s'absente pour ainsi dire jamais, à cause des enfants.

— Comment ce Rougemont avait-il connu votre adresse ?

— Je l'ignore. Par ouï-dire sans doute... par un ancien client.

— Vous ne demandez jamais à vos clients leurs noms et adresses ?

— Ils me les donnent, parfois, mais je ne leur demande rien. J'ai confiance puisqu'ils me versent des arrhes. En général, ils viennent chercher la toile chez moi.

— Comment était ce Rougemont ?

— Grand, distingué, les cheveux plutôt roux.

— C'est exact, confirma M. Sabatier, l'un des visiteurs venus récemment à la chapelle répondait à ce signalement.

— Admettons, fit le commissaire, mais ça ne nous avance guère. Des Rougemont, il en existe des centaines à Lyon... D'ailleurs, c'était sûrement un nom d'emprunt. Votre complice, Colombani, devait se méfier.

— Je n'ai pas de complice, monsieur le commissaire.

— Combien ce Rougemont vous a-t-il payé pour votre travail ?

— Plus que je n'en demandais, pour que j'active ma besogne.

— Cela ne vous a pas surpris ?

— Si.

— Mais vous n'avez pas refusé cette somme importante... trop importante ? »

Colombani baissa la tête :

« Je gagne mal ma vie... et j'ai deux enfants. Vous avez vu où j'habite.

— En effet, le 12 de la rue du Cerf-Volant n'est qu'une modeste maison... mais cela ne veut rien dire. »

Un nouveau silence. Puis le commissaire reprit, la voix plus dure, plus sèche :

« Vous niez toujours votre participation à la substitution des tableaux ? Vous avez tort. La justice est perspicace et patiente. »

Puis, tourné vers nous :

« Qu'avez-vous à dire sur cet individu ? Avez-vous remarqué quelque chose d'anormal dans son comportement ?

— Il n'était pas bavard, fit Mady. Il n'aimait pas qu'on le dérange et il parlait peu... mais il m'est difficile de le croire coupable. »

Le commissaire assena un coup de poing sur la table.

« Je ne vous demande pas votre impression, mademoiselle, mais des faits... des faits précis... En avez-vous à me donner ?

— Euh ! non.

— Alors, taisez-vous. »

Troublée par cette apostrophe, Mady rougit et se tint coite.

« Et vous, jeunes gens ? » fit-il en s'adressant à nous.

Nous restâmes silencieux. Le commissaire réfléchit. Visiblement, sa conviction était faite. Colombani n'avait sans doute pas agi seul, mais il avait un complice, Rougemont ou un autre.

« C'est bon, fit-il, en s'adressant cette fois au peintre. Je vous maintiens en garde à vue... en attendant votre inculpation. »

Colombani eut un haut-le-corps. La tête haute cette fois, il protesta de son innocence.

« Monsieur le commissaire, dit-il vivement, si j'avais trempé dans cette affaire, je n'aurais pas commis l'imprudence d'aller à Saint-Laurent avec ma propre voiture, qui pouvait me trahir. La preuve, c'est que vous m'avez tout de suite retrouvé grâce au numéro minéralogique.

— Non, Colombani, cette imprudence n'est pas une preuve. Si vous n'avez pas pris la précaution de falsifier le numéro de votre voiture, c'est tout simplement parce que vous ignoriez que le tableau devait être de nouveau expertisé. Vous étiez persuadé que jamais personne ne s'apercevrait du changement de toile... »

Là-dessus, il fit signe à un agent. Colombani était toujours debout, devant le bureau, l'air accablé. Avant d'être emmené, il se tourna vers nous avec un air malheureux qui semblait dire : aidez-moi. Puis il disparut avec l'agent.

Alors, le commissaire dit à M. Sabatier :

« Je ne vous retiens pas davantage, mais j'aurai sûrement encore besoin de vous... Quant à ces jeunes gens, gardez-vous bien de me les ramener. »

C'était une invitation à quitter le bureau. Nous nous retrouvâmes dans la rue. M. Sabatier paraissait aussi accablé que Colombani.

« Je ne sais si ce peintre est le coupable, dit-il après un soupir, mais je doute à présent que la toile soit jamais retrouvée. Pour ma commune, pour moi, c'est une catastrophe. »

Et il ajouta :

« Vous avez entendu : le commissaire ne tient pas à vous revoir. Je ne vois pas, moi non plus, ce que vous pourriez lui apporter de nouveau... Qu'allez-vous faire de cette fin d'après-midi ? Vous remontez avec moi à Saint-Laurent ? »

Je jetai un coup d'œil à ma montre. Déjà cinq heures.

« Non, monsieur Sabatier, il est tard. Nous aurons le temps, à présent, de travailler à la chapelle puisque nous sommes en vacances.

— Alors, à un de ces jours ! »

Il remonta sur son vélomoteur qui repartit en pétaradant.

Restés seuls sur le trottoir, nous discutâmes de cette confrontation.

« Pauvre Colombani, fit Mady. Il m'a fait pitié.

— À moi aussi », approuva le Tondu.

Gnafron, la Guille et Bistèque, eux, ne dirent rien. Soudain, une idée me traversa l'esprit.

« Si nous allions voir sa femme ? Je ne connais pas la rue du Cerf-Volant à Villeurbanne, mais nous la trouverons sur un plan.

— D'accord, approuva Gnafron, qui avait mal pris la décision du commissaire de nous mettre à l'écart. Essayons, de notre côté, de débrouiller nous-mêmes cette affaire... »

Chapitre 5

Une serviette oubliée

Faute de plan de Villeurbanne, introuvable dans le quartier, il fallut s'adresser à cinq ou six passants avant de découvrir la rue du Cerf-Volant, une rue bordée d'ateliers, de dépôts et de maisonnettes dont la plus haute n'avait pas plus d'un étage. Celle qui portait le numéro 12 ne différait des autres que par son toit, dont une partie était vitrée au lieu d'être recouverte de tuiles.

« Colombani a dû installer son atelier dans le grenier », dit le Tondu.

Au moment de sonner, une hésitation me paralysa la main. Pouvions-nous dire à Mme Colombani qu'on allait probablement inculper son mari, c'est-à-dire le mettre en prison, pendant la poursuite de l'enquête ?

« Tant pis, Tidou, me souffla Mady, il faut la voir. »

J'appuyai sur le bouton. Une sonnerie aigrelette retentit à l'intérieur de la maison. Nous attendîmes. Pas de réponse. Pourtant il me sembla entendre des chuchotements derrière la porte. Je sonnai une seconde fois. Soudain, une voix d'enfant cria :

« C'est toi, papa ? »

Ce mot : papa, nous frappa. Que répondre ?

« Non, ce n'est pas ton papa, répondit le Tondu... mais des "gônes" qui viennent de le voir.

— Maman nous a défendu d'ouvrir, reprit l'enfant qui, d'après la voix, devait être une fillette de huit à dix ans.

— Où est-elle ?

— Partie faire des commissions. »

Il était plus de six heures. La Guille proposa de revenir le lendemain.

« Non, fit Mady ; attendons. Elle ne tardera pas à rentrer. »

En effet, un quart d'heure plus tard, une femme déboucha à l'angle de la rue, un filet à provisions à bout de bras. En nous apercevant devant sa porte, elle s'arrêta net. Puis, se reprenant, elle s'avança à pas lents.

« Madame Colombani ? » fit Mady.

La femme, qui était jeune et blonde, acquiesça de la tête et demanda d'un ton inquiet :

« Que me voulez-vous ?

— Nous venons de voir votre mari.

— Mon mari ?... Où ?

— Au commissariat. Nous voudrions vous parler de lui. »

Elle était devenue très pâle. Elle s'approcha de la porte et dit à haute voix :

« Ouvrez, les enfants. C'est maman. »

On entendit tirer un verrou. Deux jeunes enfants s'encadrèrent dans la porte, une fillette blonde comme sa mère et un petit garçon de quatre ou cinq ans, aussi brun que le peintre. La femme nous pria d'entrer dans la salle de séjour. Puis elle redemanda :

« Que me voulez-vous ? »

J'expliquai que nous connaissions son mari, que nous travaillions à la réfection de la chapelle de Saint-Laurent, à l'extérieur, pendant qu'il peignait.

« En effet, dit-elle, il m'a parlé de vous. Vous lui étiez sympathiques.

— Nous arrivons du commissariat où nous avons été confrontés avec lui pendant un interrogatoire.

— Il a expliqué qu'il n'était pour rien dans cette affaire de tableau ?... On va le libérer ?

— Euh !... Probablement pas tout de suite d'après ce que nous avons compris.

— Pourquoi le retenir si longtemps puisqu'il n'a rien fait de mal ? C'est odieux !... Vous entendez, odieux ! »

À la fois outrée et accablée, la femme s'appuya sur le bord de la table, ses deux enfants à côté d'elle.

« Hélas ! dit le Tondu, tant que l'authentique Ribera ne sera pas retrouvé, il risque d'avoir des ennuis.

— Qu'aurait fait mon mari de ce tableau ? »

Des larmes perlèrent à ses yeux, qu'elle essuya furtivement. Puis elle se pencha vers ses enfants en disant :

« Mes pauvres petits ! »

Il y eut un silence pénible. Je repris :

« Nous venons de le dire, nous avons assisté à l'interrogatoire de votre mari. Nous ne le croyons pas coupable mais il faut dire qu'il ne s'est pas très bien défendu.

— C'est possible, dit la femme, mon mari est un artiste. Il vit un peu en dehors de la réalité des choses... et puis il est timide de nature, peu volubile bien que d'origine italienne. Comme tous les timides, il lui arrive d'avoir de brusques accès de colère. S'est-il emporté ?... Hier soir, quand des inspecteurs sont venus perquisitionner ici, il leur a interdit de monter dans son atelier, au grenier... ils y sont allés cependant et ont tout mis sens dessus dessous. Quand on l'a emmené, j'ai cru qu'il reviendrait tout de suite. Mais ils l'ont gardé. C'est ignoble. Un artiste n'est pas un trafiquant. »

Mme Colombani était-elle sincère ? Nous

eûmes tous l'impression que, si son mari était coupable, elle, du moins, était hors de cause.

« Nous voudrions vous aider, fit Mady, nous voulons croire votre mari innocent... mais le prouver sera difficile. »

Un nouveau silence alourdit l'atmosphère de la pièce. Je réfléchis et demandai :

« Vous permettez qu'à notre tour nous vous posions quelques questions ?

— Hélas ! que vous dire de plus qu'aux policiers venus m'interroger ce matin ?

— On ne sait jamais. Dans votre émotion, vous avez peut-être oublié certains détails... par exemple au sujet des clefs de la chapelle.

— Les clefs ?

— Nous les connaissons pour les avoir utilisées. La plus grosse était d'une forme spéciale, celle du cadenas très compliquée. Il est difficile de supposer que l'homme qui s'est introduit dans la chapelle ait pu, sans modèle, fabriquer de fausses clefs. D'autre part, l'individu est entré dans cette chapelle par la porte. Aucun vitrail n'a été brisé. Le matin où votre mari n'est pas monté à Saint-Laurent, où se trouvaient les clefs qu'il avait oublié de rendre, la veille au soir, à M. Sabatier ? »

La femme réfléchit puis désigna le buffet.

« Je crois me souvenir qu'il les avait déposées sur le coin de ce meuble.

— Donc, Rougemont, quand il est venu, a pu les apercevoir.

— C'est possible... mais je vous jure que mon mari ne les lui a pas prêtées... Où voulez-vous en venir ? »

Aucun de mes camarades ne répondit. Mais, tout à coup, une idée me traversa l'esprit.

« Combien de temps Rougemont est-il resté chez vous, ce matin-là ?

— Environ dix minutes... cependant il est revenu un moment plus tard chercher sa serviette qu'il avait oubliée.

— Vous vous étiez aperçue de cet oubli ?

— Oui, juste après son départ.

— Ni votre mari ni vous ne l'avez ouverte pour voir ce qu'elle contenait ?

— Oh ! protesta Mme Colombani, nous n'y avons même pas pensé !

— Votre mari n'a pas parlé de cette serviette, tout à l'heure, quand on l'a interrogé.

— Il n'y a pas pensé... ou il ne s'est plus souvenu. »

Puis, me regardant avec une sorte d'effroi :

« Ce serait si important ?

— Tout peut servir dans une enquête... Et vous, avez-vous dit ce détail aux inspecteurs qui vous ont questionnée ce matin ?

— J'étais si troublée... Non, je n'ai rien dit, moi non plus. Que voulez-vous savoir encore ? ajouta-t-elle en regardant la pendule sur le buffet. Il est plus de huit heures, mes enfants ont faim.

— Excusez-nous, fit Mady. Nous vous avons dérangée à un mauvais moment... Nous reviendrons vous voir... si vous le voulez. »

La femme eut un faible sourire de remerciement.

« Oui, revenez ! »

Elle nous reconduisit à la porte, et nous reprîmes nos vélomoteurs appuyés contre le mur de la maison... mais sans les enfourcher tout de suite. Au carrefour, Mady se tourna vers moi et me demanda.

« C'est curieux, Tidou, quand tu as posé toutes ces questions sur les clefs, j'ai eu l'impression que tu avais une idée derrière la tête.

— Oui, en effet.

— Laquelle ?

— Je ne serais pas étonné que Rougemont, le matin où il est venu voir le peintre, ait volontairement oublié sa serviette.

— Pour quelle raison ?

— Justement, c'est ce qui me tracasse... mais je finirai bien par trouver... En attendant, filons à la Croix-Rousse, et pensez à tout cela... surtout toi, Mady, qui as toujours des intuitions extraordinaires. »

Chapitre 6

La « clef-minute »

Je serais bien embarrassé pour dire ce que ma mère servit au menu, ce soir-là. Préoccupé par mon « idée », je ne prêtais attention à rien.

« Qu'as-tu donc, Tidou ? me demanda mon père. Est-ce toujours cette affaire de tableau qui te tracasse ? Puisque la police s'en occupe et que le voleur est sous les verrous...

— Justement, malgré toutes les apparences, le peintre n'est peut-être pas le voleur. Nous venons de voir sa femme. Nous sommes persuadés qu'elle n'est pour rien dans cette substitution.

— Possible, mais lui ? Les escrocs qui se cachent de leur femme pour faire leurs mauvais coups sont nombreux. »

Je ne répondis pas. Le dîner terminé, je me retirai dans ma chambre avec Kafi qui trouvait que je l'abandonnais bien souvent ces temps-ci et me le faisait savoir, à sa façon, en tournant sans cesse autour de moi.

Sitôt couché, Kafi étendu sur la descente de lit, comme d'habitude, je pensai de nouveau à cette « distraction » de Rougemont, de plus en plus persuadé qu'il avait volontairement oublié sa serviette pour avoir l'occasion de revenir chez les Colombani.

Il était près de minuit quand, enfin, je fermai les yeux, tandis que mon chien, lui, dormait déjà depuis longtemps. Quand je m'éveillai, le soleil coulait à flots dans ma chambre, et Kafi, debout, attendait que je lui donne la première caresse du matin. Mon réveil, dont j'avais oublié, la veille, de remonter la sonnerie, marquait huit heures et demie. Je rejetai vivement drap et couverture, me levai en hâte, expédiai ma toilette et passai dans la cuisine. Mon père était parti travailler depuis longtemps et mon petit frère Géo avait déjeuné.

« Vite, maman ! mon café au lait. J'ai rendez-vous avec les autres Compagnons à neuf heures. »

Le temps d'avaler deux tartines, de vider mon bol, de descendre quatre à quatre l'escalier (sans Kafi), de dévaler les petites rues qui conduisaient à la Rampe des Pirates, il était plus de neuf heures quand j'arrivai à la

Caverne. Mes camarades étaient là depuis longtemps, se demandant ce qui m'était arrivé.

« Alors, ton “idée”, Tidou ? me demanda vivement Mady. Figure-toi que hier soir, avant de m'endormir, j'ai cru la deviner.

— Dis vite !

— J'ai pensé de nouveau à Rougemont. Les clefs de la chapelle étaient sur le coin du buffet chez Colombani. Il a pu les apercevoir, les fourrer dans sa poche pour aller vite faire exécuter des doubles... et les rapporter en venant chercher sa serviette volontairement oubliée.

— Exactement, Mady ! Pour une fois nous nous sommes rejoints sans le savoir. »

Du coup, le Tondu jeta son béret en l'air et s'écria :

« Formidables !... Vous êtes tous les deux formidables !... »

Bistèque, Gnafron et la Guille approuvèrent. Nous venions peut-être, Mady et moi, de trouver l'explication de l'oubli de Rougemont. Cependant, Gnafron déclara :

« Oui, c'est possible, mais il faudrait en avoir la certitude. Retournons rue du Cerf-Volant voir Mme Colombani. »

Le temps de regonfler un pneu de vélomoteur à demi à plat et nous filâmes vers Villeurbanne, en traversant le Rhône sur le pont Morand. Mme Colombani était chez elle avec ses enfants. La pauvre femme avait les traits tirés et les yeux rouges. Elle n'avait pas dû dormir de la nuit.

« Mon mari n'est pas rentré, dit-elle tout de suite. Il est en prison. Vous avez vu le journal de ce matin ?... Tenez, lisez ! »

Elle tendit le *Progrès* et je lus tout haut :

« VOL D'UN TABLEAU DE MAITRE DANS UNE CHAPELLE.

« Un tableau d'une valeur inestimable attribué au célèbre peintre espagnol Ribera a disparu d'une chapelle désaffectée près du village de Saint-Laurent dans la banlieue lyonnaise, et a été remplacé par une copie. L'auteur du vol serait un nommé Joseph Colombani, artiste peintre, demeurant 12 rue du Cerf-Volant à Villeurbanne ; il a été placé sous mandat de dépôt. L'enquête se poursuit afin de retrouver la toile disparue.

— Vous voyez, fit la femme, mon mari est en prison. On va l'interroger jusqu'à ce qu'il dise où est le tableau, mais puisqu'il n'en sait rien... C'est affreux ! Les journaux n'auraient pas dû donner son nom, son adresse. Tout à l'heure, quand je suis allée chercher du lait, l'épicier m'a regardée d'un drôle d'air. »

Et elle ajouta, en regardant ses enfants :

« André, lui, n'a pas encore l'âge de bien comprendre, mais Françoise !... c'est terrible... »

Puis, s'adressant à moi :

« Vous avez appris quelque chose depuis hier soir ?

— Nous avons beaucoup réfléchi. Vous avez dit que, l'autre matin, Rougemont est parti en oubliant sa serviette. Combien de temps s'est-il écoulé entre son départ et son retour ?

— Une heure environ, peut-être un peu plus, peut-être un peu moins.

— Où avait-il déposé sa serviette ?

— Là, sur cette chaise, entre la porte d'entrée et le buffet.

— De quelle couleur était-elle ?

— Noire.

— Autrement dit, elle tranchait sur la paille jaune pâle de la chaise et il aurait dû l'apercevoir, en s'en allant.

— En effet, il aurait dû, mais il paraissait pressé.

— Et les clefs de la chapelle, où étaient-elles exactement ?

— Je vous l'ai dit, hier : sur le coin du buffet, là.

— Vous êtes sûre qu'elles étaient encore à leur place quand l'homme est sorti, la première fois ?

— Mon mari et moi, nous sommes tout de suite montés au grenier ranger l'atelier. Nous étions encore là-haut quand Rougemont est revenu. Nous n'avions pas entendu sonner.

C'est Françoise qui a ouvert et nous a aussitôt appelés. »

La femme réfléchit et ajouta :

« Vous pensez qu'il aurait pris les clefs ? En si peu de temps il n'aurait pu monter à Saint-Laurent, décrocher le tableau et revenir... D'ailleurs, mon mari n'avait pas fini sa toile.

— Non, il n'est pas allé à la chapelle, mais il aurait pu, par exemple, faire fabriquer un double des clefs par un spécialiste. Les *Clef-minute* ne manquent pas à Lyon. »

Une lueur passa dans le regard de Mme Colombani.

« C'est vrai, je n'y pensais pas. Pourtant, le mois dernier, j'ai fait faire un double de la clef de l'atelier dont mon mari ferme toujours la porte, à cause des enfants.

— Très intéressant, ce que vous dites. À qui vous êtes-vous adressée ?

— À un serrurier, pas loin d'ici, dans l'impasse Jean-Barrot. Cette impasse ouvre sur la rue des Montets qui prolonge celle du Cerf-Volant, dans cette direction. »

Le renseignement était précieux. Nous allions peut-être savoir si Rougemont s'était adressé là.

« Excusez-nous, madame Colombani, nous devons aller voir tout de suite. »

Sans prendre nos vélomoteurs, nous suivîmes la rue du Cerf-Volant, puis celle des Montets jusqu'à l'impasse. Je conseillai à mes camarades de m'attendre. La boutique avait pour enseigne : *Serrurerie. Clefs en tout genre.*

C'était un petit atelier, guère plus grand qu'une échoppe de cordonnier. Je demandai à l'ouvrier si, la semaine précédente, un homme grand et mince, plutôt roux de cheveux, était venu lui faire exécuter deux clefs, une très grosse, comme une clef de portail, l'autre minuscule, à peu près de la taille d'une clef d'auto, et très dentelée. Et je précisai : « Cette personne était très pressée. »

L'ouvrier hocha la tête.

« J'ai fait tellement de clefs depuis la semaine dernière. C'est fou ce que les gens peuvent perdre leurs affaires ; on dirait qu'ils le font exprès. »

Puis, après réflexion :

« Non, je n'ai pas fait de grosse clef de ce genre, seulement une clef de cave, toute rouillée... et c'est une dame qui m'a apporté le modèle. »

Je remerciai l'homme et sortis, déçu, rejoindre les autres Compagnons qui m'attendaient à l'entrée de l'impasse.

« À ton air, fit Gnafron, on voit tout de suite que tu n'as rien appris. Le contraire m'aurait étonné. Je parierais une Alfa-Romeo contre des patins à roulettes que Rougemont n'est pas venu là.

— Pourquoi ?

— Rougemont n'habite sûrement pas ce quartier. Il n'aurait pas trouvé tout seul cette petite boutique perdue au fond d'une impasse. S'il a réellement fait reproduire les clefs, il s'est adressé ailleurs, à une *Clef-minute* qu'il connaissait.

— Très juste, approuva Bistèque... mais nous ne pouvons tout de même pas visiter toutes les serrureries de Lyon.

— Pourquoi pas ? répondit Mady. Mais il nous faudrait les modèles pour que l'ouvrier qui les aurait reproduites les reconnaisse bien. Tu crois, Tidou, que M. Sabatier nous prêterait les siennes ?

— Pourquoi pas, puisqu'il n'y a plus rien de précieux dans la chapelle ?

— Alors, montons à Saint-Laurent. Il faut mettre toutes les chances de notre côté. »

Nous revînmes en hâte chercher nos engins, rue du Cerf-Volant... et en route pour Saint-Laurent. Il était près de onze heures quand on mit pied à terre près de l'église. M. Sabatier n'était pas au presbytère mais à la mairie. Il dictait quelques lettres à son secrétaire. Mady, qui avait l'art d'expliquer rapidement les choses, lui raconta ce qui s'était passé, depuis la veille, quand nous nous étions séparés devant le commissariat. Il approuva nos visites à Mme Colombani, mais l'idée que Rougemont ait pu emporter les clefs lui parut curieuse.

« Votre supposition est possible, dit-il, mais si peu probable. Comme vous, je veux croire Colombani innocent, mais il risque de rester longtemps en prison. Quant à retrouver le tableau !...

— Pouvez-vous tout de même nous prêter les clefs de la chapelle ? insista Mady.

— Volontiers... mais quant à visiter toutes les *Clef-minute* de Lyon... C'est insensé !... et d'abord où trouver leurs adresses ?

— Dans l'annuaire.

— À condition que tous ces ateliers aient le téléphone.

— Oh ! monsieur Sabatier, fit Mady, ne nous découragez pas. Si vous saviez comme Mme Colombani est malheureuse. Tout le monde a vu le journal dans son quartier. Elle n'ose presque plus sortir.

— Je comprends, murmura le prêtre, je comprends. Les journalistes sont sans pitié. »

Il se leva, péniblement, et nous accompagna au presbytère. Il semblait las.

« Tenez, voici les clefs. »

Et il ajouta, avec un sourire forcé :

« Je vous souhaite tout de même bonne chance. »

Nous ne nous attardâmes pas davantage, car il était tard. Une demi-heure plus tard, nous abordions la Croix-Rousse, notre cher vieux quartier. Avant de nous séparer pour rentrer chacun chez soi déjeuner, je donnai rendez-vous pour deux heures, à la Caverne.

« D'accord, fit Mady, j'apporterai l'annuaire du téléphone. »

Chapitre 7

Un parapluie pliant

« Non, Kafi, cette fois encore je ne t'emmène pas. Nous allons descendre en ville ; je ne voudrais pas qu'il t'arrive un accident. »

Mon brave chien prit un air malheureux, comme si je l'abandonnais, mais il avait compris ce « non » catégorique et n'insista pas.

Je descendis en trombe l'escalier pour courir vers la Rampe des Pirates. Bistèque et la Guille étaient déjà dans la Caverne. Le Tondu arriva peu après moi, le béret sur l'oreille, puis Gnafron, plus échevelé que jamais, et enfin Mady, un épais annuaire sous le bras.

« Je l'ai déjà feuilleté, dit-elle. Je me demande combien de temps il nous faudra pour visiter toutes les serrureries et *Clef-minute* de Lyon. Rien que sur les pages jaunes, où les noms sont classés par profession, j'en ai relevé cinquante-sept... et les ateliers qui fabriquent des clefs n'y sont sûrement pas tous. Il faudra aussi parcourir les pages blanches. Autrement dit, nous devrons nous balader dans Lyon pendant plusieurs jours. Tu ne trouves pas, Tidou, que c'est excessif ?

— Écoutez, tout à l'heure, en déjeunant, j'ai réfléchi. Faisons faire cinq grosses clefs et cinq petites. Nous aurons chacune les nôtres et nous nous partagerons la besogne. Chacun son secteur, par exemple.

— Formidable ! s'écria le Tondu, oui, chacun son arrondissement !

— C'est que, objecta la Guille, des arrondissements, la ville en compte huit et nous ne sommes que six... sans parler des faubourgs de Villeurbanne qui en valent bien deux, de Vénissieux, de Sainte-Foy, etc.

— D'accord, fit Bistèque, mais pour cet après-midi on pourrait se contenter des arrondissements du centre. »

C'était aussi mon avis. Sur le plan de Lyon épinglé au fond de la Caverne, je distribuai les secteurs et chacun nota sur une feuille les adresses concernant son quartier. Il ne nous restait plus qu'à faire reproduire les clefs de la chapelle en cinq exemplaires.

« C'est simple, dit Gnafron, je connais, tout près d'ici, un bricoleur qui possède un tour à clefs. Allons le voir. Inutile de prendre nos vélomoteurs, c'est à deux pas. Il n'est pas sur l'annuaire, probablement parce qu'il n'a pas le téléphone. Suivez-moi. »

Il nous conduisit vers un minuscule atelier, au fond d'une cour. L'ouvrier qui y travaillait commença par lever les bras au ciel.

« Cinq grosses clefs et cinq petites !... et vous les voudriez tout de suite ?... Passons pour les petites qui seront vite faites, mais les grosses !... Chacune représente près d'un quart d'heure de travail. Ne revenez pas avant quatre heures. »

Je n'avais pas prévu un si long délai. Déçus, nous revînmes à la Caverne, profitant de cette attente pour feuilleter les pages blanches de l'annuaire où nous retrouvâmes dix-huit nouvelles adresses de serruriers ou ateliers de clefs-minute... ce qui portait le nombre à un total de soixante-quinze.

« Est-ce la peine de se donner tant de mal, fit la Guille, puisque rien ne prouve que l'homme ait pris les clefs chez Colombani ?

— Oui », fit Mady en appuyant sur son « oui ».

Pour tromper leur impatience, le Tondu, Bistèque et Gnafron entamèrent une partie de cartes, tandis que la Guille sortait son harmonica et que Mady et moi reprenions l'annuaire.

Enfin, dès quatre heures moins dix, on retourna chez le serrurier qui terminait la dernière grosse clef. Nous n'avions pas prévu que le travail coûterait cher. Je n'avais pas assez d'argent en poche. Heureusement, Mady et le Tondu complétèrent la somme.

« À présent, filons vite prendre nos engins, fit Gnafron. N'oubliez pas que les commerçants ferment boutique à six heures, à sept tout au plus. »

Ainsi, l'équipe s'égailla à travers la ville. Pour mon compte, je m'étais affecté le troisième arrondissement qui jouxtait le populeux faubourg de Villeurbanne. Ma liste comportait 13 adresses. Je commençai par explorer le quartier dense des bords du Rhône, puis m'éloignai vers la ville neuve de la Part-Dieu pour suivre ensuite l'interminable avenue Lacassagne et les rues avoisinantes. J'avais déjà rayé huit adresses sur ma liste, m'entendant partout répondre la même chose : non, la petite clef, peut-être, mais certainement pas la grosse.

La neuvième serrurerie était, comme la plupart des autres, située dans une petite rue. J'eus un moment d'espoir en voyant l'ouvrier tourner et retourner la grosse clef entre ses doigts.

« J'en ai fait une presque semblable, il y a une quinzaine de jours, fit-il, mais on ne m'a pas, en même temps, demandé de reproduire une clef de cadenas. »

Ce n'était pas là non plus. De toute façon, la date ne concordait pas et Rougemont aurait certainement fait exécuter les deux clefs en même temps.

Il était déjà six heures et demie. Il me restait encore quatre noms sur ma liste. Je commençais à trouver, comme M. Sabatier, que nos recherches étaient insensées quand tout à coup, en marchant à pied, la main au guidon de mon vélomoteur, à cause du sens interdit, je découvris cette enseigne : *Clef-seconde.*

C'était un atelier comme les autres, qui vendait aussi toutes sortes de plaques : « Chien méchant »... « Fermez la porte, S. V. P. »... etc. Je n'avais pas cette adresse sur mon papier. À tout hasard, j'entrai et montrai mes clefs. Le jeune ouvrier qui gravait une plaque secoua la tête.

« Non, je ne vois pas... mais peut-être que le patron... »

Se tournant vers la porte d'une arrière-boutique, il appela :

« Patron ! On vous demande ! »

Un homme au visage anguleux s'approcha. Je lui montrai les deux clefs, en insistant sur la grosse. Il demeura quelques instants silencieux, les sourcils froncés, examinant la grosse clef puis, sans hésiter, il déclara :

« Oui, c'est moi qui l'ai faite. Elle était trop compliquée pour que je la laisse à mon apprenti... Vous voudriez encore les mêmes ?

— Non, je... j'aimerais seulement savoir qui vous les a apportées et quand ?

— La semaine dernière... quelqu'un que je ne connais pas. L'homme était très pressé. Pour être certain que j'allais tout de suite me mettre au travail, il s'est assis sur une chaise, et a attendu plus d'une demi-heure...

— Quelqu'un de très grand, n'est-ce pas, et plutôt roux ?

— Au contraire, un bonhomme courtaud et brun, avec une petite moustache. »

M'efforçant de ne marquer aucune surprise, je répondis à tout hasard :

« En effet, excusez-moi, je me trompe. »

Du coup, s'imaginant que je connaissais ce client, le serrurier s'approcha d'une étagère, prit un étui noir et me le tendit, en disant :

« Dans sa précipitation, il a oublié son parapluie pliant. Depuis huit jours ce "pépin" traîne sur l'étagère. Emportez-le, vous le lui rendrez. Il ne sait sûrement plus ce qu'il en a fait. Vous veniez pour ça ? »

Il me tendit le parapluie et, pressé, retourna dans son atelier, avant même que j'eusse le temps de dire un mot.

Je me retrouvai sur le trottoir, complètement abasourdi, le parapluie entre les doigts. Ainsi, la grosse clef de la chapelle et celle du cadenas avaient été faites dans cet atelier d'une petite rue isolée... et ce n'était pas Rougemont qui était venu. Qui alors ? Un complice ?

Je regardai le parapluie qu'il m'avait remis presque de force. Soudain, une idée me vint :

« Kafi ! »

J'étais encore si troublé que je faillis me tromper de vélomoteur et prendre celui de quelqu'un d'autre. À pleins gaz, je remontai à la Croix-Rousse. Il était plus de sept heures. Les autres Compagnons étaient rentrés à la Caverne. À ma mine, ils comprirent tout de suite que j'avais fait une découverte. La voix coupée par l'émotion, je racontai ma visite à la *Clef-seconde.*

« D'après toi, dit vivement Gnafron, Rougemont serait venu là faire exécuter le double des clefs ?

— Le patron a été formel. C'est lui-même qui a fait la grosse clef... mais ce n'est pas Rougemont qui est venu.

— Qui alors ?...

— Un homme plutôt trapu et très brun. »

Mes camarades demeurèrent perplexes.

« Un complice ? fit Bistèque.

— Probablement... mais ce n'est pas tout. L'homme a oublié quelque chose dans la boutique, quelque chose qu'il n'est pas venu réclamer. Tenez ! »

Je sortis de ma sacoche le parapluie plié dans son étui noir, en recommandant :

« Attention, ne touchez pas à la poignée. »

L'étui passa de main en main.

« Crois-tu, Tidou, fit Mady, que Kafi serait capable de retrouver l'odeur de son propriétaire ?

— Justement, c'est ce que nous allons savoir. »

Je grimpai chez moi, rue de la Petite-Lune, et ramenai Kafi, un Kafi heureux de se détendre un peu les pattes. Je posai l'étui à terre et lui demandai de le flairer. Il porta aussitôt son mufle vers la poignée et la dragonne puis battit de la queue.

« Formidable ! s'écria le Tondu. Il trouve une odeur. »

Et il ajouta :

« Il est probable que cet individu trapu et brun habite dans un quartier proche de cette *Clef-seconde*... et peut-être Rougemont aussi. En tout cas ce sont sûrement deux complices. »

Puis, regardant sa montre :

« Malheureusement, trop tard pour rôder ce soir dans ces parages. Qu'en penses-tu, Tidou ? Si on se donnait rendez-vous ici demain matin à huit heures... avec Kafi bien entendu ? »

Chapitre 8

La galerie d'art

Longtemps, avant de m'endormir, je pensai à ma découverte sensationnelle... mais sans en tirer gloire. N'importe lequel de mes camarades aurait pu la faire. Ainsi, Mady et moi avions eu la même intuition. Rougemont s'était débrouillé pour se saisir des clefs sur le buffet. À présent, seul Kafi pouvait nous aider. Où habitaient Rougemont et l'homme trapu ? Avaient-ils le même domicile ? Sinon, ces deux domiciles étaient-ils éloignés l'un de l'autre ?

Pour rassurer Mme Colombani nous devions lui annoncer que nous étions sur une piste... Mais d'autre part, fallait-il à présent avertir la police ?

Tout cela passait et repassait sans cesse dans ma tête, si bien qu'il était encore très tard quand je sentis venir le sommeil. Mais, cette fois, je n'oubliai pas de remonter la sonnerie de mon réveil, et, le lendemain, je fus debout dès six heures et demie. Personne encore quand j'arrivai au bas de la Rampe des Pirates avec mon chien. Mes camarades se présentèrent les uns après les autres, la Guille le dernier, comme d'habitude.

Je leur fis part de mes réflexions de la veille au soir. Tout le monde fut d'accord pour aller voir Mme Colombani, mais quand je prononçai le mot « police » Gnafron vit rouge.

« Ah ! non, pas la police. Vous avez entendu le commissaire, l'autre jour ! Avec un inspecteur ce sera la même chose. »

Gnafron avait ses raisons. Plusieurs fois, au cours d'aventures précédentes, où nous avions eu affaire à la police, il avait été le premier rabroué, car on le prenait pour un gamin, à cause de sa petite taille.

« Non, non et non, reprit-il. Débrouillons-nous tout seuls. D'ailleurs que ferait la police sans Kafi ? Ses chiens sont loin d'avoir le flair du nôtre.

— C'est vrai, approuva le Tondu, sans Kafi, la police perdrait son temps. »

Nous filâmes donc directement à Villeurbanne. La femme du peintre était en train de faire déjeuner ses enfants. En apprenant que nous avions la certitude que Rougemont, par l'intermédiaire d'un complice, avait bel et bien

« emprunté » les clefs, elle poussa un soupir de soulagement et, dans sa joie, embrassa Mady.

« Ah ! si vous pouviez retrouver l'un ou l'autre de ces deux hommes..., soupira-t-elle. Hier après-midi, un inspecteur est encore venu me poser des tas de questions. Le commissaire l'accompagnait.

— Vous leur avez dit que nous étions venus vous voir ?... que nous supposions que Rougemont avait pris les clefs sur le coin du buffet ?

— Oui, je leur ai parlé de vous. Le commissaire s'est mis en colère, disant que vous n'étiez qu'une bande d'hurluberlus.

— Tu vois, Tidou, fit Gnafron, triomphant, la police nous prend pour des farfelus. »

Par acquit de conscience, je demandai à Mme Colombani si elle avait aperçu la voiture de Rougemont, si elle avait distingué quelqu'un d'autre resté à l'intérieur.

« Non, dit-elle, je n'ai pas vu l'auto. Elle devait stationner un peu plus loin. »

Pressés de voir si Kafi — qui s'était mis à jouer avec les enfants — pouvait nous aider, nous quittâmes la rue du Cerf-Volant, en laissant nos vélomoteurs qui nous encombraient. La rue Lépine, où se situait la *Clef-seconde,* n'était pas très éloignée.

Par précaution, j'avais emporté la laisse de Kafi et fourré le parapluie pliant au fond d'un vieux cartable. Je conduisis mes camarades dans l'étroite rue Lépine, et discrètement, je sortis le « pépin » pour le faire sentir à Kafi. Mon chien battit de la queue pour m'indiquer qu'il percevait toujours une odeur, mais il n'éprouva pas le besoin de chercher le long du trottoir. De rue en rue, nous parcourûmes le quartier qui s'étendait à l'est de la nouvelle cité de la Part-Dieu. Dix fois, vingt fois, je montrai le parapluie à mon chien. En vain. Les pluies récentes avaient-elles effacé toute odeur ?... L'homme au pépin habitait-il beaucoup plus loin ?

Au bout de deux heures de déambulations, alors que la faim commençait à nous creuser l'estomac, nous avions décidé de revenir sur nos pas, quand tout à coup Kafi tira sur sa laisse pour s'approcher de l'entrée d'un immeuble cossu, en pleine avenue Félix-Faure, à quelques centaines de mètres seulement de notre point de départ, devant la *Clef-seconde*. Aucun doute possible : l'individu au parapluie habitait cette maison.

Je jetai un coup d'œil sur ma montre. Midi moins dix. Je dis à mes camarades :

« Il faut organiser le guet en permanence pour essayer d'identifier l'homme dès qu'il entrera dans l'immeuble ou en sortira.

— C'est que, objecta Bistèque, il est tard. Le temps d'aller chercher nos vélomoteurs, rue du Cerf-Volant, de remonter à la Croix-Rousse...

— Ne t'inquiète pas. C'est moi qui vais commencer, dès maintenant.

— Tout seul ?... et sans manger ?

— Je me débrouillerai pour trouver un sandwich dans un bar. Mady, je te charge de mon chien. Ramène-le chez moi et dis à mes parents qu'ils ne m'attendent pas pour déjeuner... Prends aussi mon cartable et le parapluie.

— Pourquoi ne pas garder Kafi ? dit la Guille.

— La partie est loin d'être finie. Si l'homme apercevait mon chien, il se souviendrait de lui et qui sait, plus tard... Kafi est trop précieux.

— Et qui viendra te relayer, Tidou ? demanda le Tondu.

— Toi, si tu veux... mais pas avant trois heures de l'après-midi... Il est possible, d'ailleurs, que je vous retrouve avant à la Caverne. Filez vite... et bon appétit. »

Mes camarades s'éloignèrent rapidement, Gnafron courant presque pour suivre les grandes enjambées du Tondu. Je restai donc seul dans l'avenue Félix-Faure, très animée à l'approche de midi. Posté sur le trottoir d'en face, j'examinai la maison, une belle construction en pierre de taille, déjà ancienne mais à la façade fraîchement ravalée.

Bientôt, une dame entra... puis une autre, assez âgée, qui marchait avec une canne... puis un homme de taille moyenne mais très mince, qui ne pouvait être le propriétaire du parapluie. Soudain, je tressaillis en découvrant une haute silhouette qui se dirigeait vers l'entrée. L'homme mesurait bien un mètre quatre-vingt-dix et ses cheveux étaient roux. C'était Rougemont. J'en conclus que les deux complices habitaient le même immeuble... et que, dans quelques minutes, l'homme trapu et brun allait rentrer déjeuner lui aussi.

Un quart d'heure s'écoula. Rien... une demi-heure. Toujours rien. Pour me donner une contenance, je fis les cent pas sur le trottoir, comme si j'attendais quelqu'un, mais sans perdre de vue la porte en fer forgé. Presque plus de circulation dans l'avenue. Alors, certain de n'être pas vu, je poussai la porte de l'immeuble pour jeter un coup d'œil sur les boîtes aux lettres. Il y en avait douze au total, six de chaque côté du couloir. Aucune ne portait le nom de Rougemont.

Je ressortis aussi discrètement que j'étais entré et me remis à faire les cent pas en réfléchissant. M'étais-je trompé sur l'homme ? Portait-il un autre nom ? Était-il venu voir son complice ? Tout à l'heure, allaient-ils sortir ensemble ? Rougemont était-il venu déjeuner chez son acolyte ? Dans ce cas j'avais le temps de me restaurer moi aussi. Je courus jusqu'au bar qui faisait l'angle de deux rues, et achetai deux sandwiches que je dévorai à belles dents.

Une heure !... Une heure et demie. La circulation un moment ralentie redevint intense. Soudain, je tressaillis de nouveau. Rougemont sortait de l'immeuble. À grandes foulées, il s'éloigna. Je le suivis à distance. Il s'arrêta devant une voiture verte en stationnement le long du trottoir. Il déverrouilla la portière, s'engouffra dans le véhicule et démarra rapidement. Je n'eus que le temps de déchiffrer le numéro de la voiture : 4356 FJ 69... que je notai sur ma feuille d'adresses. Que faire, à présent ? Attendre une éventuelle sortie ou rentrée de l'homme trapu, brun, à petites moustaches ? C'était perdre mon temps.

Je courus à Villeurbanne reprendre mon vélomoteur, et grimpai à pleins gaz vers la Croix-Rousse. Mes camarades se trouvaient tous dans la Caverne, et le Tondu s'apprêtait à partir pour me relayer. J'expliquai ce que j'avais observé et donnai ma conclusion. L'homme trapu et brun n'habitait probablement pas l'immeuble de l'avenue Félix-Faure mais il devait y venir souvent voir Rougemont. Quant à ce dernier que j'avais vu entrer et sortir, il se cachait sous un autre nom.

Puis je sortis ma feuille où j'avais inscrit le numéro de la voiture verte.

« Si ce n'est pas un faux numéro, fit Mady, nous allons savoir qui est en réalité ce Rougemont.

— Comment ? demanda la Guille.

— En téléphonant à M. Sabatier. En tant que maire, il obtiendra tout de suite le renseignement à la préfecture... Venez chez moi. »

Toute l'équipe la suivit, rue des Hautes-Buttes. Son père, employé d'autobus, était absent, sa mère également. Elle chercha le numéro de M. Sabatier dans l'annuaire. Par chance, il était chez lui, à la cure.

« Allô, monsieur Sabatier. C'est Mady à l'appareil... Nous sommes sur une piste. Il nous faudrait un renseignement : le nom du propriétaire d'une voiture portant ce numéro : 4356 FJ 69... Je répète 4356 FJ 69... et, si possible, sa profession.

— Une piste, dis-tu ?

— Oui, une piste sérieuse, très sérieuse...

— D'accord, je m'en occupe. Je te rappellerai. »

Il ne nous restait plus qu'à attendre. Ce ne fut pas long. Un quart d'heure plus tard, la sonnerie du téléphone grésillait dans le vestibule de l'appartement.

« Allô, Mady !...

— Oui, c'est moi, monsieur Sabatier.

— Voici le renseignement. La voiture appartient à un certain Mourier, René Mourier, qui habite 75 avenue Félix-Faure. Je peux même préciser où il travaille. Il est démarcheur pour la compagnie d'assurances Rhônes-Alpes dont le siège est situé rue de la République. Ça te suffit ?

— Oh ! merci, monsieur Sabatier. Ces renseignements sont largement suffisants. »

Grâce à l'autre écouteur, nous avions tous entendu. Ainsi, le numéro de la voiture n'était pas truqué. Seul le nom de Rougemont était un emprunt. Je proposai, à tout hasard, de faire un tour rue de la République, en plein centre de la ville.

« Est-ce utile ? demanda la Guille, toujours sceptique.

— Tout peut servir, répondit Mady... De toute façon, que pourrions-nous faire d'autre, pour le moment ? »

Le Tondu, Gnafron et Bistèque approuvèrent. Sans mon chien, que Mady avait ramené chez moi, nous descendîmes reprendre nos engins, dans la Caverne, et l'équipe fila vers la rue de la République, uniquement réservée aux piétons, ce qui nous obligea à laisser nos machines dans une voie adjacente.

Gnafron, qui avait des yeux de lynx, découvrit, de loin, l'enseigne de la compagnie d'assurances. Nous nous approchions de l'immeuble quand Mady poussa une exclamation.

« Oh ! regardez le magasin d'à côté... Une galerie d'art ! »

La coïncidence, en effet, était troublante. Rougemont... ou plutôt Mourier, travaillait à proximité d'un marchand de tableaux. L'homme trapu aux petites moustaches était-il, par hasard, employé dans cette galerie ?

Il était difficile de trouver un prétexte pour entrer au siège de la compagnie d'assurances ; par contre, une banderole rouge, placardée sur la vitrine de la galerie d'art (qui avait pour enseigne *Art 2000*), indiquait : Entrée libre.

« Allons faire un tour à l'intérieur, proposa Mady, mais pas tous à la fois. On se ferait remarquer. Tidou et moi, par exemple. »

Tandis que Gnafron, la Guille, Bistèque et le Tondu restaient sur la chaussée, faisant semblant de s'intéresser à la vitrine d'un photographe, Mady poussa la porte de la galerie. Il y avait là de nombreux tableaux, les uns posés sur des chevalets, les autres accrochés aux murs. Nous allions de l'un à l'autre quand, tout à coup, Mady me poussa du coude.

« Regarde, là-bas, l'homme qui montre ce paysage à un client... »

Je me retournai. Aucun doute possible. Sans l'avoir jamais vu, j'identifiai l'homme trapu aux cheveux très bruns et à la petite moustache.

Chapitre 9

Le magnétophone

Passant d'un tableau à l'autre, nous nous rapprochâmes insensiblement des deux hommes. Le client marchandait le paysage. Ils n'étaient pas d'accord sur le prix.

« Si vous y tenez vraiment, dit le vendeur, passez dans mon bureau. Nous serons plus à l'aise pour discuter. »

Tous deux se retirèrent dans une pièce exiguë, très encombrée, au fond de la salle, et le marchand ferma la porte.

Nous continuâmes d'aller et venir devant les toiles, attendant le retour du petit moustachu pour mieux l'observer, mais il s'attardait dans son bureau avec le client. En sortant il aurait pu s'étonner de voir encore ces deux « gônes » dans son magasin. Nous quittâmes la galerie pour rejoindre nos camarades.

« Qu'avez-vous vu d'extraordinaire pour rester si longtemps ? demanda Gnafron.

— À coup sûr, le propriétaire de cette galerie est le complice de Mourier. Il répond exactement au signalement donné par le patron de la *Clef-seconde.* Pendant que nous faisions mine de regarder les tableaux, il s'est enfermé dans son bureau avec un client. Ce bureau est une petite pièce au fond de la salle. C'est sans doute là qu'il traite ses affaires.

— Et qu'il reçoit Mourier, enchaîna Bistèque.

— Probable, approuva Mady, mais on n'entend rien à travers la porte, nous l'avons constaté. »

Nous venions de marquer un point mais, malgré tout, nous n'étions guère plus avancés.

« Asseyons-nous à cette terrasse de café, proposa la Guille, au lieu de faire le pied de grue ; nous aurons le temps de réfléchir. »

En ce chaud après-midi de début juillet, les consommateurs étaient nombreux. Le Tondu dénicha tout de même une table d'où nous pouvions apercevoir, de l'autre côté de la rue, l'entrée d'*Art 2000.* Je commandai des jus de fruits. Le serveur qui les apporta avait l'air sympathique. Je lui dis, sans avoir l'air d'y attacher grande importance, que je venais de visiter la galerie d'art et lui demandai si le monsieur brun à petites moustaches noires en était bien le propriétaire.

« M. Chavanet ? fit-il, oui, c'est le propriétaire, un bon client pour nous... et qui ne lésine pas sur les pourboires. »

Il faisait bon sur la terrasse envahie par une ombre tiède. Nous y étions assis depuis une demi-heure, cherchant à savoir ce qu'était devenu le tableau, s'il se trouvait à Lyon, soigneusement caché, quand Bistèque murmura :

« Attention !... Mourier. »

L'homme aux cheveux roux, reconnaissable à sa très haute taille, descendait la rue piétonnière. Sans hésiter, il pénétra dans la galerie d'art. Gnafron saisit le bras du Tondu :

« À notre tour ! Viens avec moi. »

Nos deux camarades quittèrent la table et entrèrent dans la galerie. Ils y demeurèrent plus d'un quart d'heure. Quand ils reparurent, Gnafron confirma :

« Oui, ils sont de mèche tous les deux. D'abord, ils se tutoient. Ils ont échangé quelques mots à voix basse et se sont enfermés dans le bureau. Nous avons essayé d'écouter, le Tondu et moi. Impossible de saisir un bout de phrase... mais j'ai noté un détail. La porte du bureau était ouverte quand ils sont entrés. Était-elle également ouverte, Mady, avant que Chavanet ne vienne discuter avec son client ?

— Oui.

— Donc, il est facile de s'introduire dans ce bureau. Qu'en penses-tu, Tidou ? »

Je ne refléchis pas longtemps, me souvenant de notre aventure à Besançon où nous avions caché notre magnétophone dans un coin du musée folklorique[1].

« Tu as raison, Gnafron. Tu penses au magnéto ?

— Exactement. On pourrait essayer de le cacher demain matin dans ce bureau, pour revenir le prendre en fin d'après-midi, avant la fermeture.

— D'accord, approuva Mady, mais si Mourier ne vient pas demain, nous aurons perdu une journée. »

Le « petit » Gnafron passa les doigts dans sa tignasse et demanda :

« As-tu mieux à proposer, toi Mady ?

— Hélas ! non. »

Après mûre réflexion, chacun conclut que nous n'avions pas le choix entre trente-six solutions. Le lendemain, un samedi, la rue piétonnière connaîtrait l'affluence... *Art 2000* aussi. La pose du magnéto en serait facilitée. Nous attendîmes encore un moment que Mourier sorte de la galerie. Il ne reparut pas. Nous remontâmes alors à la Croix-Rousse, et le Tondu, le mécanicien-électricien

1. *Les Six Compagnons à la Citadelle.*

de l'équipe, vérifia le fonctionnement du magnéto. Puis j'expliquai :

« Mady et moi avons déjà été vus dans la galerie, Gnafron et le Tondu aussi. Restent vous deux, Bistèque et la Guille. Vous vous débrouillerez, demain matin, dès que possible, pour camoufler le magnéto dans le bureau, en poussant son intensité au maximum, et vous déclencherez le déroulement de la bande. Vous sortirez ensuite tranquillement de la galerie pour vous installer à la brasserie d'en face, à l'intérieur, de préférence, mais à un endroit d'où vous pourrez voir qui entre à l'*Art 2000* ou en sort. Vous y resterez jusqu'à une heure de l'après-midi... quitte à prendre plusieurs consommations. À ce moment-là, Mady et moi viendrons vous remplacer et vous remonterez chez vous déjeuner. Pour nous ce sera fait. Enfin, à quatre heures, et jusqu'à la fermeture du magasin, nous nous retrouverons tous à la terrasse. Il y aura beaucoup de monde. Nous serons perdus dans la foule.

— Pourquoi ce guet, toute la journée, s'étonna la Guille, puisque, le soir, nous aurons les enregistrements sur la bande ?

— Pour savoir si Mourier est venu à la galerie. S'il n'y entre pas, nous perdrions des heures et des heures à écouter la bande pour rien. Nous y passerions une partie de la nuit. »

Là-dessus, nous nous séparâmes jusqu'au

lendemain. Rentré chez moi, j'expliquai à mes parents pourquoi je n'étais pas revenu à midi. Ce soir-là, malgré mon sommaire déjeuner, je n'avais pas faim, trop préoccupé par cette affaire qui s'éternisait. Ce projet de cacher le magnéto dans le bureau me paraissait bien difficile à réaliser. Chavanet n'était pas seul dans le magasin. Il y avait aussi sa femme et un employé. Bistèque et la Guille pourraient-ils agir sans être vus ?... pourrions-nous, le soir, avant la fermeture, récupérer l'appareil ?... et surtout, oui surtout, si Mourier venait, les deux hommes parleraient-ils du tableau ? Le Ribera était-il toujours entre leurs mains ? L'avaient-ils déjà vendu à quelque collectionneur étranger ?

Las de me poser des questions, je finis par m'endormir et, le lendemain, à neuf heures, j'eus beaucoup de mal à résister au désir de rejoindre Bistèque et la Guille. Dès midi moins le quart, au lieu d'attendre le retour de mon père, je déjeunai rapidement pour filer rue de la « Ré », comme on appelle à Lyon la plus grande artère de la ville.

Bistèque et la Guille étaient tranquillement installés dans la brasserie presque déserte. Au sourire que me lança Bistèque, je compris tout de suite que l'opération avait réussi.

« Oui, dit-il vivement, c'est fait. Ce matin, à onze heures, Chavanet était seul dans le magasin, occupé à discuter avec un artiste peintre qui lui proposait ses œuvres. Par chance, ils ne sont pas entrés dans le bureau. Pendant que la Guille faisait le guet, j'ai camouflé le magnéto derrière un meuble.

— Mourier est-il venu ?

— Non, mais la journée n'est pas finie.

— Remontez déjeuner chez vous. Il est tard. Vous devez mourir de faim.

— De faim, oui, dit la Guille en riant, mais pas de soif. Nous en étions à notre quatrième jus de pamplemousse. »

Mes camarades partis, je m'assis à leur place, contre la vitre, attendant Mady qui arriva quelques minutes plus tard. En apprenant que le magnétophone était en place, elle soupira de soulagement mais, comme moi, elle s'inquiéta de savoir si Mourier viendrait et si nous pourrions récupérer l'appareil. Dans la nuit, elle avait fait un drôle de rêve. Elle avait vu saint Laurent non plus tenant les Évangiles et le gril mais pourvu de longues ailes et volant au-dessus de la mer.

« Pourvu que le tableau ne soit pas déjà parti dans un pays étranger », dit-elle.

Deux heures ! trois heures ! La rue de la « Ré » s'animait de plus en plus. Les tables de la brasserie, aussi bien à l'intérieur qu'à l'extérieur, étaient presque toutes occupées.

Trois heures et demie ! Toujours rien. Mourier, que nous n'aurions pas manqué de reconnaître à sa haute silhouette, ne paraissait pas.

Bientôt, nos camarades arrivèrent et s'installèrent à la table.

« Qu'est-ce que je vous sers ? dit le garçon, intrigué par notre présence quasi permanente dans l'établissement. Des jus de fruits, encore des jus de fruits, toujours des jus de fruits ? »

Quatre heures ! La rue était noire de monde. La foule se pressait dans la galerie, sans parler des badauds qui se contentaient de jeter un coup d'œil sur les tableaux exposés en vitrine. Soudain, Gnafron se dressa sur la pointe des pieds et annonça :

« Ça y est ! Il arrive ! »

C'était Mourier, en effet. Impossible de le confondre avec un autre.

« Restez là, fit Mady, je vais jeter un coup d'œil de près. »

Elle sortit de la brasserie, louvoya entre les tables de la terrasse, traversa la rue et se planta devant la vitrine d'*Art 2000,* cherchant à distinguer ce qui se passait dans la galerie. Quelques instants plus tard, elle nous rejoignit en annonçant :

« Ça y est. Les deux hommes viennent d'entrer dans le bureau. Il ne nous reste plus qu'à attendre que Mourier reparaisse. »

De longues minutes s'écoulèrent. Mourier s'éternisait. Enfin, au bout d'une demi-heure, il quitta la galerie, regardant à droite, à gauche, comme s'il cherchait quelqu'un... ou craignait d'être reconnu. Puis il allongea le pas et disparut, probablement pour reprendre sa voiture garée dans une rue voisine. Il était plus de cinq heures, c'est-à-dire grand temps de récupérer notre appareil. L'opération serait délicate. Il y avait encore beaucoup de monde dans la galerie d'art. Qui s'en chargerait ?

« Toi, Tidou, fit Mady... mais pas seul.

— Si tu veux, dit la Guille, je t'accompagne. Si nous avons des difficultés, je saurai me débrouiller.

— Comment ?

— Compte sur moi ! Occupe-toi de reprendre l'appareil, je me charge de te faciliter le travail... Viens ! »

Il me prit le bras et m'entraîna devant la galerie. À travers la vitrine, nous examinâmes l'intérieur. La porte du petit bureau était ouverte, mais plusieurs personnes se trouvaient à proximité. Tant pis, nous entrâmes.

« Approche-toi du bureau, me souffla la Guille ; moi, je vais à l'autre bout de la salle. »

Je m'exécutai, me demandant ce qu'il avait l'intention de faire. Tout à coup, un air d'harmonica retentit dans la galerie. Toutes les têtes se tournèrent. Chavanet, le premier, se précipita vers la Guille en s'écriant :

« Ah ! non, jeune homme, nous ne sommes

pas au conservatoire de musique. Pas de concert ici ! »

Mais, au lieu de remettre en poche son instrument, la Guille continua de jouer. Le patron, furieux, appela son employé et sa femme à la rescousse pour faire taire ce « gône » hurluberlu. Les visiteurs de la galerie, amusés, s'approchèrent aussi... Si bien qu'il n'y eut plus personne devant l'entrée du bureau. D'un bond, je m'y précipitai, retirai l'appareil derrière le bureau et m'éclipsai sans être vu, le magnéto sous ma veste, au moment même où la Guille était expulsé, manu militari, de la galerie.

Astucieux la Guille ! Il avait magistralement réussi son coup.

« Formidable ! s'écria le Tondu, en nous voyant revenir. À présent, vite, à la Caverne pour écouter la bande !... »

Chapitre 10

La villa « Belle-Vue »

Tandis que le Tondu se prépare à faire passer la bande magnétique, nous attendons en silence. Jusqu'ici, tout s'est parfaitement passé. À présent, nous allons savoir de quoi ont parlé les deux hommes pendant leur tête-à-tête dans le bureau.

« Dépêche-toi, le Tondu », répète Mady.

Enfin, l'appareil se déclenche. D'après Bistèque, il a été mis en marche à onze heures dix. Pour Mady, qui a consulté sa montre, les deux individus sont entrés dans le bureau à quatre heures vingt-cinq, cet après-midi. Les premières heures de l'enregistrement ne nous intéressent donc pas. Le Tondu laisse le ruban magnétique se dérouler à toute vitesse jusqu'aux deux tiers de sa longueur. Parvenu à cet endroit, il règle le magnéto à l'allure convenable. Nous percevons, alors, le vague et très faible brouhaha venu du magasin par la porte du bureau. De nouveau, le Tondu laisse le ruban se dérouler rapidement sur quelques mètres avant de le ralentir. Le bruit sourd du magasin persiste, monotone. Puis, soudain, une voix nette se détache du fond sonore.

« Attention ! murmure Mady. Tendez l'oreille ! »

Nous reconnaissons la voix, bien timbrée, de Chavanet. L'autre, moins nette, doit être celle de Mourier.

« Non, dit tout à coup Gnafron qui a l'ouïe finie. Ce n'est pas Mourier. Les deux hommes se vouvoient ; ils s'appellent "Monsieur". »

En effet, nous comprenons vite qu'il s'agit d'un marchandage entre le patron d'*Art 2000* et un client.

« Plus loin ! » réclame Mady.

Enfin, après un nouveau silence, le claquement d'une porte nous fait tressaillir. Chavanet vient de nouveau de s'enfermer dans son bureau. Cette fois, aucun doute, c'est avec Mourier, car il déclare aussitôt :

« Tu as eu tort de venir en plein après-midi, un samedi... alors que tout Lyon est dans la rue ! »

La réponse est si enrouée, si brouillée, si monocorde, que même Gnafron ne saisit pas un mot... si, un seul : police ; du moins lui semble-t-il l'identifier. Je demande alors au Tondu de repasser le dialogue à son début, en poussant l'intensité du magnétophone au maximum. Le résultat n'est pas meilleur. Chavanet semble hurler mais l'autre voix reste aussi inaudible.

« Tant pis, fait Mady, nous essaierons de reconstituer le dialogue. Continue, le Tondu. »

Le Tondu s'exécute et nous percevons :

« Pourquoi n'avoir pas téléphoné ?

— ...

— Tu te fais des idées. Bien sûr, avec ta stature, tes cheveux... mais tu n'es pas le seul rouquin de grande taille, à Lyon. Que voudrais-tu, au juste ?

— ...

— Tu perds la tête ! Dans une galerie de tableaux ?... c'est vrai que la police n'est pas encore venue.... mais elle peut le faire d'un moment à l'autre...

— ...

— D'accord ! Mais ce n'est tout de même pas une raison.

— ...

— À Vouzeray ?... c'est la même chose. S'ils perquisitionnent à la galerie, ils risquent de fourrer aussi leur nez là-bas. Tu ne penses pas que pour une dernière nuit ?... d'autant plus que c'est dimanche, demain. »

Suit un silence prolongé, comme si les deux

hommes réfléchissaient. Puis, après une phrase inaudible de Mourier, Chavanet reprend :

« C'est bon. Je serai à *Belle-Vue* vers huit heures. Tu l'apporteras vers neuf heures et tu reviendras le rechercher demain matin à huit heures.

— ...

— Tu le reconnaîtras à son cigare, il aura sur les lèvres un gros cigare bagué.

— ...

— Je te le répète, la police continue de soupçonner Colombani puisqu'elle le garde à vue. Je me suis renseigné.

— ...

— Pourquoi je ne veux pas y aller moi-même ? D'abord, je suis trop connu à Lyon. Tu me vois dans une salle d'attente, prêt à partir, alors que tout le monde sait que lundi a lieu l'inauguration de l'exposition Stelvio ?

— ...

— Entendu pour ce soir... et demain matin à huit heures, pas plus tard. Tu verras, tout se passera bien. »

C'est fini, la suite de la bande ne nous intéresse plus. D'ailleurs, elle n'a plus rien enregistré. Il ne nous reste plus qu'à reconstituer ce dialogue à une voix, à combler les lacunes. Pour cela, je m'adresse à Mady.

« Tu pourrais éclaircir ce qui est resté dans l'ombre ?

— C'est simple. Vous avez compris, comme moi, que le tableau est actuellement avenue Félix-Faure... mais pas pour longtemps. Mourier n'est pas tranquille, à cause de son signalement donné par Colombani et sa femme. Il a proposé à Chavanet de lui apporter la peinture à *Art 2000.* Chavanet s'y est refusé de crainte que la police ne vienne perquisitionner dans sa galerie d'art.

— Et ces noms, Vouzeray, *Belle-Vue* ? demande la Guille.

— Rien de plus clair aussi. Vouzeray est un village que j'ai traversé une fois ou deux à vélo, un village des environs de Vaugneray où habite ma grand-mère... et je suppose que *Belle-Vue* est la résidence secondaire de Chavanet. Vouzeray est un patelin bien situé, à flanc de colline. Le panorama sur la vallée du Rhône est splendide ; beaucoup de Lyonnais y ont fait construire des villas. Dès ce soir, Mourier emportera la toile à *Belle-Vue...* pour revenir la chercher demain matin et la remettre à un troisième individu, celui qui fumera un gros cigare bagué.

— Formidable ! s'écrie le Tondu... mais où a lieu le rendez-vous de Mourier avec l'homme au cigare ?

— Justement, c'est le point obscur. Chavanet a parlé de “salle d'attente”. Est-ce celle de la gare ou celle de l'aéroport ?

— Plutôt celle de l'aéroport de Satolas, dit Gnafron. Pour moi, ils veulent expédier la toile loin d'ici, à l'étranger, probablement en Amérique.

— Pas certain, conteste Bistèque. Je crois que le dimanche aucun avion ne décolle de Lyon pour New York.

— Mais ceux qui s'envolent pour Paris sont nombreux...

— En tout cas, reprend Gnafron, nous sommes sûrs que le tableau n'a pas encore quitté Lyon ; c'est l'essentiel... mais comment s'introduire chez Mourier ? Sous quel prétexte ?... À ton avis, Tidou, comment agir ?... Il faut pourtant faire vite.

— Voici ce que je propose. Mourier va porter le tableau à Vouzeray vers neuf heures. Il est sept heures maintenant. Allons nous poster, avec Kafi, sur la route qui conduit à ce patelin et quand il passera nous lui bloquerons le chemin.

— Comment ? demande la Guille.

— L'un d'entre nous s'étalera sur la chaussée, à côté de son vélomoteur, comme s'il avait fait une chute et ne pouvait plus se relever ; Mourier sera bien obligé de s'arrêter, surtout si le chemin n'est pas large.

— Justement, précise Mady, il est étroit.

— Les autres se tiendront embusqués derrière les haies et se précipiteront sur l'homme, avec Kafi, dès qu'il sera descendu de voiture. Fouiller l'auto ne sera qu'un jeu.

— Un jeu, peut-être, mais un jeu dangereux, ne peut s'empêcher de dire Mady. Supposez que Mourier soit armé.

— C'est pourquoi tu resteras ce soir tranquillement chez toi, Mady, conseille le Tondu. D'ailleurs, tes parents n'aiment pas te voir rentrer trop tard, même quand nous t'accompagnons jusqu'à domicile. »

Mady pousse un soupir de résignation.

« C'est bon... mais je peux tout de même vous rendre service... passer chez vous dire que vous rentrerez probablement très tard. Qu'en penses-tu, Tidou ?

— Entendu, mais inutile de monter rue de la Petite-Lune, il faut que j'y aille de toute façon chercher Kafi. »

Le temps de grimper chez moi, de ramener mon chien, d'atteler la remorque à mon vélomoteur, car je ne veux pas faire supporter à Kafi la fatigue d'une course rapide, et nous démarrons. Déjà sept heures et demie, le mauvais moment pour la circulation. Nous nous frayons un passage entre les voitures bloquées par les feux rouges. Enfin, nous voici dans la campagne ! Une borne annonce : Vouzeray, un kilomètre. Nous mettons pied à terre pour chercher un endroit avec des taillis, de chaque côté du chemin, nous permettant de nous cacher.

Cet endroit idéal, nous le trouvons à quatre cents mètres du village, là où la route est bordée d'épais feuillages. Gnafron se propose pour jouer l'accidenté. Le soir tombe lentement. Les premières lumières brillent au village, perché au-dessus de nous. Une idée me vient : faire un rapide tour à Vouzeray pour repérer la villa *Belle-Vue*. J'ai le temps ; il n'est que huit heures et demie. Mon chien veut me suivre.

« Non, Kafi, tu restes là. Pour le moment, je n'ai pas besoin de toi. »

Par chance, la résidence secondaire de Chavanet est la première construction à l'entrée du village, une somptueuse villa blanche, percée de larges baies. Une pièce, au rez-de-chaussée, est déjà éclairée. Chavanet et sa femme, qui travaille aussi à la galerie, sont donc arrivés. Devant la villa, il y a un jardin, planté de lauriers roses et de deux rangées de troènes, où on pénètre par une grille.

L'inspection des lieux terminée, je rejoins en courant mes camarades embusqués de part et d'autre du chemin avec Kafi. Neuf heures moins le quart ; Mourier ne tardera pas.

« Il peut avoir de l'avance, dit Gnafron. Je ne voudrais pas manquer mon coup. »

Il descend alors sur la chaussée, prêt à se coucher sur le sol à côté de son vélomoteur, au premier ronflement d'auto.

Dix minutes s'écoulent !... dix autres encore !

Il est plus de neuf heures à présent. La nuit n'est pas encore complète, mais elle ne tardera pas à le devenir. Enfin, un bruit de voiture au loin, les deux pinceaux lumineux de phares qui oscillent de droite à gauche et de gauche à droite selon les caprices de la route. L'auto se rapproche. Elle atteint la partie rectiligne du chemin quand le conducteur découvre soudain une forme étendue sur la chaussée. Il stoppe à quelques mètres de notre camarade, tandis que je retiens Kafi par son collier. Je souffle au Tondu, accroupi à côté de moi :

« Attention ! Attendons qu'il soit penché sur Gnafron. »

Mais, tout à coup, stupeur ! Dans la pénombre, je reconnais un uniforme... puis un autre... et une troisième silhouette, en civil, celle-là.

« La police ! murmure le Tondu. Ne bougeons pas. »

Heureusement, de l'autre côté du chemin, derrière leur haie, la Guille et Gnafron ont reconnu eux aussi les képis. Ils ne bronchent pas. Nous entendons alors une voix demander à Gnafron :

« Que vient-il de t'arriver ?

— Euh !... euh ! rien de grave, je suis tombé... et...

— Tu es blessé ?

— Non, pas une égratignure.

— Et ta machine ? »

Pour prouver que son vélomoteur n'est pas abîmé Gnafron se relève et le met en marche.

« Tu nous as fait peur, dit l'homme en civil, un inspecteur probablement. Si nous avions roulé vite nous aurions pu t'écraser. »

Là-dessus Gnafron enfourche son engin et descend la côte en direction de Lyon. L'incident clos, les trois hommes remontent dans l'Estafette noire et continuent leur route... Mais quelques centaines de mètres plus loin ils s'arrêtent de nouveau vraisemblablement devant la villa de Chavanet... Les feux de l'auto s'éteignent et on perçoit bientôt le grincement de la grille du jardin.

Rassemblés tous les quatre sur la route, nous cherchons à comprendre ce qui se passe quand un bruit de pas nous fait tendre l'oreille. C'est Gnafron qui revient, à pied, poussant son vélomoteur.

« Vous avez vu ? dit-il, essoufflé. La police ! Si vous saviez la peur que j'ai eue ! Dans la lueur des phares, j'ai reconnu le commissaire de Villeurbanne. Heureusement, il ne s'est pas souvenu de moi ; il m'aurait demandé ce que je faisais là... Où les gendarmes l'ont-ils conduit ?

— À la villa de Chavanet.

— S'ils viennent perquisitionner, ils en seront pour leurs frais... Et Mourier, pourquoi n'arrive-t-il pas ? Que fait-on, Tidou ? On l'attend ?... et je recommence la scène de la chute ? »

Je regarde ma montre. Neuf heures et demie. Pour moi, Mourier ne viendra pas... ou il est venu avant nous.

Du coup, notre plan tombe à l'eau. Gnafron enrage. Il aurait tellement voulu devancer la police.

Dix heures ! Les gendarmes et le commissaire sont toujours dans la villa dont les pièces s'allument tour à tour. Aucun doute, cette fois, il s'agit bien d'une perquisition. Une terrible envie me vient de retourner devant la maison, pour tâcher d'écouter ce qui s'y passe. Je dis à mes camarades :

« Je vais encore faire un tour jusqu'à *Belle-Vue.* Vous autres, restez là, avec Kafi, au cas où Mourier finirait par arriver. »

Dans la nuit épaisse, je ne risque rien. Je m'avance cependant avec prudence. La grille de la villa est restée grande ouverte. Je pénètre dans le jardin et m'accroupis derrière une haie de troènes. L'oreille tendue, j'écoute. Je reconnais la voix du commissaire, celle plus grave de Chavanet, celle presque criarde de sa femme, mais je ne distingue rien de précis. Les gendarmes, eux, doivent continuer de fouiller la maison.

Enfin, commissaire et gendarmes quittent *Belle-Vue,* et la porte d'entrée se referme sur eux. Ils traversent le jardin, laissant la grille ouverte, et se dirigent vers l'Estafette. Je les entends parler à mi-voix :

« Pour moi, monsieur le commissaire, affirme un des hommes, le tableau n'est certainement pas dans cette villa.

— Mais où est-il alors ? Nous n'avons rien trouvé, ni dans la galerie, ni avenue Félix-Faure chez le nommé Mourier..

— À mon avis, intervient l'autre gendarme, la toile n'est plus à Lyon. Mourier a été dépisté trop tard... ou bien il n'est pour rien dans l'affaire, comme il l'a juré.

— Possible, bougonne le commissaire ; Colombani et sa femme s'étaient donné le mot pour nous mettre sur une fausse piste en parlant d'un homme très grand et roux. Ah ! ils nous ont bien eus... Inutile de rester là plus longtemps, rentrons. »

Les trois hommes remontent en voiture et l'Estafette démarre rapidement. Je suis sur le point de quitter mon abri de troènes quand la porte d'entrée de la villa se rouvre ; deux silhouettes se découpent sur l'éclairage du vestibule, celles de Chavanet et de sa femme que l'on entend s'indigner d'une voix acide :

« Non seulement ils ont bouleversé la villa mais en plus, ils n'ont même pas refermé la grille. »

Elle descend deux marches, traverse le jardin

et vient rabattre les deux battants puis, de retour sur le perron, elle soupire :

« Nous l'avons échappé belle... et Mourier aussi. Tu vois, il avait raison de se croire suspecté. Pour moi, la police le surveillait. Surtout, ne lui téléphone pas. La communication pourrait être interceptée. Les tables d'écoute, ça existe.

— Rassure-toi, répond Chavanet. À présent, la police doit être persuadée que Colombani et sa femme s'étaient entendus pour l'induire en erreur... et dès demain tout danger sera écarté. Il est tard. Allons nous coucher. »

Là-dessus, la porte d'entrée se referme, définitivement cette fois. Je perçois le bruit d'une clef dans la serrure et celui d'un verrou qu'on tire.

Prisonnier du jardin, je me demande comment en sortir. Un mur haut de deux mètres clôt la propriété. À tâtons, je cherche une échelle, un escabeau, n'importe quoi pour y grimper. Derrière la maison, je finis par découvrir un baquet en bois. Je l'approche du mur, le retourne, monte sur le fond. Chance ! mes doigts peuvent s'agripper à l'arête du mur. D'une vigoureuse traction, je parviens à me hisser au sommet. Il ne me reste plus qu'à sauter sur la route, à courir vers mes camarades.

Après s'être camouflés au passage de l'Estafette, ceux-ci m'attendent sur le chemin, impatients de savoir si j'ai observé quelque chose.

« Alors, Tidou ? demande vivement Gnafron, tu sais ce que la police est venue faire à la villa ? Elle est restée longtemps. C'était une perquisition ?

— Oui, une perquisition... mais qui n'a rien donné. J'ai surpris une discussion entre le commissaire et les gendarmes quand ils sont sortis de la villa. Ils ont déjà visité *Art 2000* et l'appartement de Mourier.

— Quoi ? Ils sont allés chez Mourier ?... Ils le suspectent ?

— Ils se sont servis du signalement donné par Colombani et sa femme. Un homme très grand et roux, amateur de tableaux, ça se repère vite.

— Et tu dis qu'ils n'ont rien trouvé chez lui ? Pourtant, d'après l'enregistrement du magnétophone... Le tableau était donc si bien camouflé ?

— Ou déjà caché ailleurs ? suggère le Tondu.

— Qui sait, dit la Guille, si Chavanet et Mourier ne se sont pas revus après l'enregistrement sur la bande magnétique. Il a pu se passer quelque chose que nous ignorons. Nous aurions dû rester plus longtemps à la terrasse de la brasserie. Nous aurions vu la police venir faire sa perquisition. Nous avons perdu la partie... et la police aussi. »

Tous les cinq nous restons silencieux, dans la nuit, au milieu du chemin. Le tableau n'a pas été retrouvé, pourtant d'après ce que j'ai entendu, Chavanet et Mourier sont dans le coup ; et j'ai l'impression, quant à moi, que la fameuse toile est encore à Lyon.

« D'accord, approuve Gnafron, mais où ? »

Chapitre 11

Le gant bleu

La veille, nous sommes rentrés vers minuit, mais je ne me suis endormi que beaucoup plus tard. Longtemps, je me suis raccroché à cette petite phrase de Chavanet, sur le perron de la villa : « Demain, tout danger sera écarté », et, avant de fermer les yeux, j'ai voulu croire que le tableau était encore à Lyon et que la partie n'était pas encore perdue.

Je dors à poings fermés depuis quelques heures seulement quand je sens quelque chose de râpeux sur mon visage. C'est Kafi qui m'éveille en me passant sa langue sur la joue. Les yeux bouffis de sommeil, je m'assieds dans mon lit et constate que dehors, il fait à peine jour. Un coup d'œil vers mon réveil. Cinq heures dix !

« Qu'est-ce qui te prend, Kafi, de me tirer du

lit à une heure pareille ?... surtout quand on s'est couché si tard ? »

Je lui donne une petite tape pour l'inviter à s'étendre de nouveau sur le plancher, mais il me montre d'une curieuse façon la porte de ma chambre en poussant de petits grondements. A-t-il entendu du bruit ? Mon père ou ma mère déjà levés ? Certainement pas. D'ailleurs, il n'aurait pas bougé. Intrigué, j'entrebâille ma porte. Kafi bondit à travers la cuisine et se précipite vers l'entrée de l'appartement.

« Une visite à cette heure ? Tu te trompes, Kafi, ou tu as perdu la tête. »

Mais mon chien insiste, me faisant signe qu'il perçoit quelque chose. En effet, au même moment, trois petits coups timides résonnent contre le panneau de bois. À coup sûr, il s'agit d'un de mes camarades, sinon Kafi aurait aboyé. Je tire le verrou et me trouve face à face avec un Gnafron ébouriffé, mal réveillé, lui aussi, et qui explique à mi-voix :

« Je n'ai pas sonné pour ne pas réveiller tes parents et ton frère. J'ai pensé que Kafi, lui, entendrait mes petits coups contre la porte.

— Que t'arrive-t-il ?

— Je n'arrivais pas à m'endormir, et, tout à coup, une idée m'est passée par la tête. Le magnétophone !...

— Eh bien ?

— Nous n'avons peut-être pas écouté la

bande jusqu'au bout. Mourier est resté dans la galerie une bonne vingtaine de minutes. Notre écoute n'a pas été aussi longue. Il se pourrait que Mourier soit sorti du bureau pour y revenir quelques instants plus tard, après réflexion, sans pour autant avoir quitté la galerie. Il faudrait écouter de nouveau la bande, malheureusement, je n'arrive pas à retrouver ma clef de la Caverne. As-tu la tienne ?

— Oui. Donne-moi le temps de m'habiller, je te suis. »

Dehors, c'est encore le petit matin. Personne dans les rues. Nous dévalons la Rampe des Pirates, avec mon chien qui, naturellement, a voulu m'accompagner. Le magnétophone est là, où le Tondu l'a laissé, sur un des billots de bois qui nous servent de sièges.

— Reprenons l'écoute depuis le début de la conversation entre les deux hommes, propose Gnafron. Nous noterons peut-être des détails qui nous ont échappé. »

J'appuie sur un bouton et nous écoutons le dialogue depuis le début. Mais, malheureusement, nous n'apprenons rien de plus. Même en collant l'oreille contre l'appareil, Gnafron ne distingue aucune des paroles de Mourier dont la voix est vraiment trop enrouée. Peut-être aussi, le grand rouquin se trouvait-il trop loin du micro.

Enfin, nous arrivons aux dernières paroles de

Chavanet : « Tu verras, tout se passera bien. » Alors, au lieu de couper, je laisse la bande se dérouler. Une ou deux minutes de silence, puis Chavanet reprend :

« Referme la porte... Qu'as-tu encore à me dire ?

— ...

— Excellente idée, en effet. Ta femme sait conduire ?

— ...

— Alors, qu'elle l'emporte immédiatement.

— ...

— C'est ça, une grande valise, avec des vêtements par-dessus. Pour plus de sécurité, qu'elle attache la clef au trousseau de ton appartement.

— ...

— Oui, elle lui remettra les clefs et il se chargera du reste.

— ...

— Tout de suite, dès que tu seras rentré chez toi...

— ...

— Je te l'avais bien dit, c'était stupide... et même dangereux, pour moi comme pour toi...

— ...

— C'est ça, un coup de fil dans la matinée, à *Belle-Vue*. Tu diras simplement : "Ma sœur a pris le train pour Paris." Je comprendrai. Dépêche-toi à présent... »

Cette fois, c'est fini. Par acquit de conscience, je laisse encore la bande se dérouler pendant quelques minutes, mais il n'y a qu'une nouvelle discussion entre Chavanet et sa femme au sujet d'un tableau mal exposé dans la galerie.

« Tu vois, Tidou, dit Gnafron, nous n'avions entendu qu'une partie de l'entretien. Si j'ai bien compris, quand la police est allée perquisitionner chez Mourier, le tableau venait de filer... mais où ? Qu'est-ce que cette histoire de clef ?... Encore une clef-minute ?

— Certainement pas.

— Prévenons vite nos camarades, ils nous donneront peut-être une idée. En tout cas, Mady, elle, avec ses intuitions, trouvera une explication. Va chez elle, Tidou, et passe aussi chez Bistèque puisqu'il habite à côté. Je me charge d'avertir la Guille et le Tondu. Rendez-vous au plus tôt à la Caverne. »

Avec Kafi, qui ne me lâche pas d'une semelle, je grimpe en courant vers la rue des Hautes-Buttes, la bien nommée. Il fait grand jour à présent, pourtant, il n'est pas encore six heures. Tant pis, je sonne chez Mady. Près d'une minute s'écoule avant qu'une voix demande, derrière la porte :

« Qui est là ?

— Tidou, le camarade de Mady ! »

Mme Tavernier apparaît, en robe de chambre, se frottant les yeux.

« Toi, Tidou, à cette heure ? Tu voudrais voir Mady ? Mais elle dort encore !

— Non, maman, je ne dors pas, j'ai entendu la sonnerie », répond Mady qui accourt, en pyjama et demande, inquiète :

« Que s'est-il donc passé hier soir ?

— Hélas ! rien... mais les affaires se compliquent. Gnafron vient de faire une découverte, une seconde conversation entre Chavanet et Mourier enregistrée sur le magnétophone. Il faut que tu nous aides. Je te laisse t'habiller pendant que je vais prévenir Bistèque. Gnafron, lui, s'est chargé du Tondu et de la Guille. Rendez-vous à la Caverne.

— Je suis prête dans cinq minutes. File vite. »

De la rue des Hautes-Buttes, je dégringole chez Bistèque. Cette fois, la porte s'ouvre aussitôt, sur son père, en pantalon et savates, torse nu, mousse blanche sur les joues, et rasoir à la main.

« Quel vent matinal t'amène, Tidou ?

— Je voudrais parler à Bistèque.

— Il s'est couché très tard, hier soir. Il dort comme un loir. C'est toujours à cause de cette histoire de tableau volé ?

— Oui, pouvez-vous le réveiller, s'il vous

plaît, et lui dire de nous rejoindre à la Caverne ? Nous y serons tous. »

Un quart d'heure plus tard, en effet, l'équipe se trouve au complet dans l'ancien atelier de tisserand. La Guille arrive le dernier, son pull passé à l'envers.

« Oui, explique Gnafron, tout est à recommencer de A à Z. Écoutez ce que nous n'avions pas entendu hier... et qui change tout. »

Je rembobine la bande magnétique sur une certaine longueur et, comme par hasard, je tombe à la fin de la première conversation sur les mots de Chavanet : « Tu verras, tout ira bien. »

« Faites attention, à présent », dit Gnafron.

Deux minutes de silence où on distingue vaguement le brouhaha du magasin puis la voix de Chavanet reprend, ferme, parfaitement nette :

« Referme la porte !... Qu'as-tu encore à me dire ? »

Mes camarades tendent l'oreille. La dernière partie de la conversation terminée, tous restent silencieux. Puis Bistèque déclare :

« En effet, ça change tout. De quelle clef est-il question ?... celle de la valise ?

— Sûrement pas », répond Mady.

Ce « sûrement » a été dit avec une telle netteté que nous nous tournons tous vers notre camarade, le regard interrogateur.

« Tu as une idée ? » demande le Tondu.

Mady ne répond pas. Elle n'aime pas qu'on lui coupe ses inspirations. Enfin, après un instant, elle reprend :

« Je crois comprendre. En sortant de la galerie, Mourier a décidé de ne plus se montrer. Il est trop facilement identifiable à cause de sa taille. Il a demandé à sa femme d'emporter le tableau dans une valise et de le placer dans un coffre-consigne de gare. Tout à l'heure, elle remettra discrètement la clef de ce coffre à l'homme au cigare qui se chargera lui-même de retirer la valise de la consigne. Ça me paraît clair... pas à vous ?

— Si, formidable ! approuve le Tondu, mais quelle gare ? Il en existe deux importantes à Lyon... Or il s'agit probablement d'une gare de chemin de fer puisque Mourier doit téléphoner à *Belle-Vue* en disant : "Ma sœur a pris le train pour Paris..."

— Pas forcément, reprend Mady, ce mot "train" ne signifie rien. Chavanet a probablement dit ce qui lui passait par la tête... Existe-t-il aussi des consignes automatiques dans les aérogares ?

— Je ne sais pas, dit Gnafron. Quand nous avons pris l'avion pour la Mogambie, nous sommes partis de Bron. L'aéroport de Satolas n'existait pas encore. »

Et il ajoute :

« Tu penches plutôt pour l'avion que pour le train ?

— Je pense aux deux. En tout cas, il faut faire vite. La femme de Mourier ne tient pas à être repérée, elle non plus. Elle va sûrement partir de bonne heure. »

D'accord avec Mady, je propose d'aller dès maintenant nous poster près du domicile des Mourier.

« Avec nos vélomoteurs ? demande le Tondu.

— Oui, nous ne pourrons pas suivre longtemps l'auto mais peut-être assez pour savoir quelle direction elle prend. »

Il est déjà sept heures quand nous enfourchons nos machines pour dévaler les pentes de la Croix-Rousse, avec Kafi qui trotte derrière moi en tirant la langue. Le Rhône traversé, nous continuons tout droit et atteignons l'avenue Félix-Faure, l'immeuble où habitent Mourier et sa femme.

« Méfions-nous, dit le Tondu. On peut nous observer par une fenêtre. Ayons l'air de six copains partis en balade, qui viennent de tomber en panne. »

Joignant le geste à la parole il retourne son engin, selle et guidon à terre, et fait semblant de réparer une crevaison, en prenant tout son temps. Cependant, nous ne perdons pas de vue la porte en fer forgé de l'immeuble... et la voiture verte de Mourier qui est stationnée à une cinquantaine de mètres de là. Je me tourne vers Mady :

« Tout à l'heure, de chez toi, nous aurions dû téléphoner à M. Sabatier. Nous l'aurions mis au courant. Il serait venu.

— Certainement pas, Tidou. Le dimanche matin il est pris par ses offices. Il dessert aussi deux autres paroisses... Et puis, il n'a pas d'auto. C'est une voiture qu'il nous aurait fallu. Ah ! quand donc aurons-nous l'âge de passer notre permis et d'acheter, tous ensemble, une vieille guimbarde ? »

Sept heures et demie... huit heures moins le quart ! Toujours rien. Sommes-nous arrivés trop tard ?... Mourier a-t-il encore changé de tactique ? Mais, tout à coup, Gnafron nous fait signe :

« Regardez ! c'est peut-être elle ! »

Une femme vient de sortir de l'immeuble, une femme menue, élégante, aussi petite que Mourier est grand.

« Oui, c'est probablement elle, murmure Bistèque. Elle regarde à droite et à gauche comme si elle craignait d'être espionnée. N'ayons pas l'air de la voir. »

La femme se dirige rapidement vers la voiture verte. C'est le moment, pour le Tondu, de vite retourner sa machine.

« Si elle ne roule pas trop vite, souffle Bistèque, nous avons des chances de la suivre. C'est plein de feux rouges dans ce quartier. »

Nous nous préparons à sauter sur nos engins

quand, tout à coup, je m'aperçois, comme mes camarades, que la femme a dépassé la voiture et qu'elle continue son chemin à pied.

« La gare des Brotteaux n'est pas très loin, dit alors la Guille, elle préfère peut-être ne pas prendre l'auto, par précaution. Suivons-la... mais pas tous ensemble. »

Les mains au guidon de mon vélomoteur, je m'avance avec la Guille, quand tout se précipite. D'un geste, la femme vient de héler un taxi. Elle s'engouffre dans la voiture qui redémarre aussitôt, et oblique tout de suite, comme si elle prenait la direction de la gare de Perrache, au sud de la ville. Cela s'est passé si vite que nous n'avons pas eu le temps d'enfourcher nos vélomoteurs. Soudain, mon chien se précipite à l'endroit où le chauffeur de taxi a chargé sa cliente et revient triomphalement, tenant entre ses crocs un gant bleu, de la même couleur que la robe de la femme, un gant qu'elle a perdu en grimpant trop précipitamment dans le taxi...

Chapitre 12

Deux hommes... deux cigares...

Un gant ! Quelle aubaine pour Kafi ! Malheureusement, peut-on compter sur le flair de mon chien ? La femme est partie en auto, une auto qui, de surcroît, n'est pas la sienne et n'est donc pas imprégnée de son odeur. Comment Kafi pourra-t-il suivre la trace de la voiture à travers Lyon ?

Apparemment, le taxi a pris la direction de la gare Perrache, mais la femme a pu donner cette adresse au départ, quitte à en indiquer une autre, ensuite, pour égarer d'éventuels policiers.

« Oui, tout est possible, soupire Mady. Si, au moins, nous avions relevé le numéro du taxi !

— J'ai essayé, dit Gnafron ; une autre voiture m'a caché la plaque. De toute façon, le temps de retrouver le chauffeur... »

Et, me prenant le bras :

« Que faisons-nous, Tidou ?

— Filons à la gare Perrache. Après tout, puisque Chavanet a parlé de train, c'est peut-être là le lieu de rendez-vous. »

La décision prise, nous enfourchons nos machines. Par chance, en ce dimanche matin, la circulation est fluide et, par chance aussi, nous ne sommes pas trop souvent arrêtés par les feux rouges. Dix minutes plus tard, nous mettons pied à terre devant la gare. Pauvre Kafi ! nous avons roulé si vite que ses flancs battent comme les joues d'un soufflet de forge et qu'il tire une langue d'une longueur affolante. Dieu merci ! il reprend vite son souffle. Discrètement, derrière l'éventaire d'une marchande de journaux, je lui fais sentir le gant bleu... et il bat aussitôt de la queue. La truffe au ras du ciment, il va, vient, mais sans rien manifester. D'ailleurs, si la femme était là, nous l'aurions tout de suite reconnue... et si elle était venue puis repartie, Kafi retrouverait sans peine la piste. Par acquit de conscience, je le conduis devant les coffres-consigne au bout du hall. Il hume l'air devant les rangées de casiers puis secoue la tête d'un air de me dire :

« Non, Tidou, je ne sens rien. »

Le « petit » Gnafron enrage, et, comme toujours dans ces moments-là, il passe une main nerveuse dans ses cheveux ébouriffés.

« Allons à présent à la gare des Brotteaux.

Nous arriverons peut-être trop tard, mais Kafi nous dira si la femme de Mourier y est venue. Les trains pour Genève passent par cette gare. Qui sait si le tableau n'est pas destiné à partir pour la Suisse ?

— Non, proteste Mady, assez de temps perdu ! Le mot "train" nous a fait perdre la tête. La femme est partie à l'aéroport de Satolas. J'en donnerais ma tête à couper. »

Satolas ! Pour gagner le nouvel aéroport, il nous faut retraverser tout Lyon, l'interminable banlieue et parcourir une dizaine de kilomètres en pleine campagne. Si nous roulons à toute allure, Kafi ne pourra pas suivre... Pourtant, je ne veux pas gâcher notre dernière chance. Je dis à mes camarades :

« Filez à pleins gaz sans vous occuper de moi. Je vous retrouverai là-bas, avec Kafi. »

Le premier en selle, Gnafron s'élance, suivi des quatre autres Compagnons. J'enfourche ma machine, moi aussi, mais je suis vite distancé. Déjà près d'une heure que la femme de Mourier a quitté l'avenue Félix-Faure. Si elle a pris la direction de Satolas, comme le suppose Mady, elle doit être arrivée depuis longtemps.

Heureusement, les rues ne sont pas trop encombrées. Beaucoup de Lyonnais ont profité de ce week-end d'été pour prendre l'air à la campagne. Pour ne pas épuiser Kafi, je roule à une allure modérée, mais on dirait que l'intelligent animal a compris que nous devons rejoindre mes camarades. Par moments, il me dépasse et se retourne comme pour me dire :

« Plus vite, Tidou ! »

La ville traversée du sud au nord, j'aborde la banlieue puis la campagne. Enfin, après plusieurs kilomètres de course, je distingue, au loin, les bâtiments de l'aéroport et deux avions qui volent bas, prêts à se poser. Abandonnant mon vélomoteur sur le parking, je cours avec Kafi vers le hall principal. Dès qu'elle m'aperçoit, Mady, qui devait me guetter à travers une vitre, se précipite dehors et m'annonce :

« Elle est là !

— Tu es sûre ?... Ce n'est pas quelqu'un qui lui ressemble ?

— Absolument sûre. Il vaudrait mieux, par prudence, que Kafi ne se montre pas. Un chien-loup de cette taille est trop reconnaissable. La femme a pu le remarquer, par sa fenêtre, avant de quitter l'avenue Félix-Faure.

— Et vous, elle a l'air d'avoir vu votre manège ?

— Non. Nous ne sommes d'ailleurs pas restés ensemble... Veux-tu que je garde Kafi, dehors ?

— Oui, s'il te plaît ; prends sa laisse... mais essaie tout de même de voir ce qui se passe à l'intérieur. »

Je pénètre dans le grand hall qui ne ressemble en rien à celui de la gare Perrache. Gnafron vient au-devant de moi, et me glisse à mi-voix :

« Regarde, là-bas, à gauche, la femme de Mourier, assise dans un fauteuil, son sac à main sur les genoux. Tout à l'heure, quand nous sommes arrivés, elle faisait les cent pas. Puis elle s'est fatiguée d'aller et venir.

— Oui, c'est bien elle. Où sont le Tondu, Bistèque et la Guille ?

— Tu ne peux pas voir le Tondu ; il s'est caché à côté d'une boutique de souvenirs, près du bureau de renseignements. Tu peux compter sur lui, il fait semblant de bouquiner, mais il a l'œil. La Guille et Bistèque se sont installés au bar. Regarde, ils viennent de t'apercevoir et font signe de la main. Restons ici, Tidou. Tiens, asseyons-nous sur cette banquette bien rembourrée. »

La grosse horloge du hall marque 9 h 50. Des voyageurs vont et viennent, les uns encombrés de lourds bagages, d'autres avec de simples valises. D'autres personnes, comme nous, semblent seulement attendre quelqu'un. De temps en temps, la voix suave d'une hôtesse annonce le départ proche ou l'arrivée imminente d'un avion. Au bout d'un moment, je pousse Gnafron du coude :

« Tu as remarqué cet homme en complet gris avec un chapeau mou et des lunettes teintées qui lit un journal, là-bas, appuyé contre un panneau ? On dirait qu'il fume un cigare.

— Il était déjà là quand nous sommes arrivés. De temps à autre il regarde à la ronde, comme s'il cherchait quelqu'un, puis il se replonge dans sa lecture. Quant au cigare, ce n'est qu'un "Mecarillo", guère plus gros qu'une cigarette. D'abord, j'ai cru que c'était lui, l'homme qui doit prendre le tableau. Mais à un aucun moment il ne s'est approché de la femme de Mourier... ni elle de lui.

— Elle lui a peut-être remis la clef avant que vous n'arriviez.

— Alors pourquoi seraient-ils encore là ? Qu'attendraient-ils ? »

Gnafron a raison. Une fois la clef échangée, ils auraient disparu. Pourtant cet homme m'intrigue. Bien qu'il ait une petite mallette posée à ses pieds, il n'a pas l'air d'un voyageur ordinaire.

Pendant ce temps, les minutes passent, Mady doit s'impatienter, dehors... et Kafi encore plus. Soudain, la voix suave de l'hôtesse annonce :

« L'avion en provenance d'Amsterdam, attendu avec une heure quinze de retard, va se poser dans quelques minutes. Ses passagers sortiront porte n° 5. »

Instinctivement, Gnafron et moi tournons le regard vers la femme de Mourier. Avant même la fin de l'avis, elle s'est levée. Dans sa précipitation, elle a laissé tomber son sac à main, bleu comme sa robe et ses gants. Elle le ramasse et se dirige vers une aile de l'immense salle... précisément vers la porte n° 5.

« Je comprends, à présent, dit Gnafron. Elle n'est pas venue en avance. C'est l'avion d'Amsterdam qui est en retard. Approchons-nous, sans trop nous faire voir. »

Plusieurs personnes se dirigent vers cette salle, des gens sans bagages qui viennent attendre un parent ou un ami. Soudain, une main se pose sur mon épaule, c'est le Tondu qui nous rejoint, le béret enfoncé jusqu'aux yeux, malgré la chaleur. Bistèque et la Guille ont vu le manège, eux aussi. Ils quittent le bar, mais, par précaution, restent à l'écart, hors de la salle.

Un sifflement de réacteurs ! L'appareil roule sur la piste avant de s'immobiliser et de revenir lentement vers l'aérogare. Un bon quart d'heure s'écoule avant que la passerelle soit mise en place, les passagers descendus, les formalités de douane et de police remplies.

« Regarde, me souffle Gnafron, l'homme aux lunettes teintées s'est approché lui aussi et il a plié son journal. Est-il venu aussi attendre quelqu'un... avec une mallette ? »

Enfin, les premiers passagers apparaissent et se dirigent vers le banc où ils vont pouvoir retirer leurs bagages ; il y a beaucoup de monde et une certaine confusion. Dressé sur la pointe des pieds, le Tondu, le plus grand de nous tous, promène son regard dans tous les sens.

« Oui, murmure-t-il, je vois un homme qui fume un cigare, un homme presque chauve et rougeaud. »

Je le découvre à mon tour. Insensiblement, la femme de Mourier s'est glissée dans la foule, la tête levée ; elle semble chercher quelqu'un. À un moment, elle frôle l'homme au cigare, mais ils n'échangent aucun regard, aucune parole, comme s'ils ne se connaissaient pas. La femme a-t-elle eu le temps de glisser la clef dans la main du voyageur ?... Attend-elle de le faire plus tard, quand il retirera sa valise... s'il en a une ?... Ou s'agit-il tout simplement d'un autre homme avec un cigare ?

« Quelle guigne ! » bougonne Gnafron, qui, désavantagé par sa taille, a tout juste distingué la tête du passager.

Nous reculons de quelques pas pour mieux observer ce qui va se passer. La femme de Mourier lève toujours la tête, comme si elle attendait quelqu'un qui n'arrive pas. L'homme au cigare, lui, s'est dirigé vers le banc des bagages et nous le voyons retirer une valise beige. Puis, hésitant, comme quelqu'un qui ne connaît pas les lieux, il regarde les panneaux indicateurs. L'inconnu aux lunettes teintées, lui, se trouve à présent auprès de la femme de

Mourier. Comme elle, il guette la sortie des derniers passagers. Je murmure à Gnafron :

« Suis ses faits et gestes. Ne le quitte surtout pas des yeux. »

Puis, au Tondu :

« Toi, occupe-toi de la femme de Mourier pendant que je surveille l'homme au cigare. »

Nous nous séparons et je rejoins la Guille et Bistèque qui me demandent vivement :

« Ça y est ?... elle a passé la clef ?

— Impossible de savoir ; nous n'avons rien vu. »

L'air ennuyé, l'homme au cigare continue de regarder les panneaux indicateurs. Puis, il se dirige vers les consignes automatiques. J'en conclus aussitôt qu'il est en possession de la clef, qu'il va ouvrir la case renfermant le tableau. En quelques bonds, je rejoins la Guille et Bistèque et leur souffle :

« C'est le moment ! Allez prévenir Mady... mais qu'elle reste à l'écart avec Kafi, dans un coin du hall. »

Pendant ce temps, l'homme au cigare est arrivé à la hauteur des casiers dont certaines portes sont fermées, d'autres entrebâillées. Il en ouvre un, au hasard semble-t-il, place sa valise, referme, fourre la clef dans sa poche et revient sur ses pas. Va-t-il sortir de l'aérogare ?... prendre un taxi qui le conduira en ville ?... louer une voiture sans chauffeur ? Pour nous, s'il quitte Satolas, c'est la catastrophe. Quand reviendra-t-il ? Devrons-nous faire le guet en permanence dans ce grand hall ?

Je soupire de soulagement en constatant qu'il ne gagne pas la sortie mais se dirige vers le buffet. Au lieu de rester debout devant le comptoir, il se laisse tomber lourdement sur une chaise et s'éponge le front. Alors, je m'approche du buffet à mon tour et commande un sandwich à la serveuse. Bistèque et la Guille ne tardent pas à me rejoindre, puis le Tondu et Mady, avec Kafi, heureux de me retrouver. Comme moi, mes camarades ont faim et soif, nous nous asseyons autour d'une table, à quelques mètres de l'homme au cigare qui vide un grand verre de bière.

« Curieux, fait Gnafron, entre deux bouchées, la femme de Mourier est toujours dans le hall... et le type au journal également.

— De qui parlez-vous ? demande Mady qui, dehors, n'a rien vu.

— De cet individu en complet gris qui est adossé au mur, là-bas... Tout à l'heure il fumait un cigare, lui aussi... mais un petit, guère plus épais qu'une cigarette. Comme la femme de Mourier, il semblait attendre l'avion d'Amsterdam.

— Ils se sont parlé ?

— Non, ils ne paraissent pas se connaître. »

De loin, Mady regarde l'homme au complet

gris, la femme de Mourier assise dans un fauteuil, puis tourne la tête vers le passager au visage rougeaud, à quelques mètres de nous.

Existe-t-il un rapport entre ces trois personnages ? Je ne suis plus très sûr, à présent, que l'homme qui a déposé sa valise dans un casier soit de mèche avec la femme de Mourier. Ne serait-ce pas plutôt l'autre ? Pourtant, à aucun moment le lecteur du journal ne s'est approché de la femme en bleu. Qu'attend-il avec sa serviette à ses pieds ?

Penchés sur la table, nous nous interrogeons. Des minutes s'écoulent, longues comme des siècles. Nos sandwiches engloutis, nos verres vidés jusqu'à la dernière goutte, nous regardons l'homme rougeaud boire une troisième chope de bière quand, tout à coup, une nouvelle annonce vient précipiter les événements...

Chapitre 13

Un K.-O. inattendu

La voix nuancée de l'hôtesse s'égrène lentement :

« Le vol 134 à destination d'Amsterdam, précédemment annoncé avec un retard de cinquante minutes, partira à son heure normale de départ. Messieurs les passagers sont donc invités à se présenter dès maintenant aux services de contrôle. »

L'homme chauve a réagi aussitôt. L'annonce achevée, il vide sa dernière chope, règle ses consommations et se lève.

« À coup sûr, murmure Gnafron, il se prépare à repartir en Hollande... Il va d'abord chercher sa valise. Suivons-le de loin. »

L'homme se dirige en effet vers les casiers. Il fouille sa poche, sort une clef, ouvre la porte d'un coffre et retire la valise jaune que je l'ai vu y placer.

« Le tableau ! souffle Mady.

— Non, pas dans cette valise. Il l'avait en arrivant. »

Son bagage retiré, l'homme rougeaud devrait normalement s'éloigner de la consigne. Or, il se met à examiner les autres casiers. Enfin, il fouille de nouveau la poche de son veston, pas la même, celle de droite, et en retire une autre clef qu'il observe de près pour en relever le numéro. Mon cœur cesse de battre. Je souffle à mes camarades :

« Regardez, il va ouvrir un autre casier. »

C'est en effet ce qu'il fait ; après une légère hésitation, il introduit plusieurs pièces dans la fente de l'appareil, tourne la clef dans la serrure et retire une valise noire plus volumineuse que l'autre, celle qui doit contenir le tableau.

« Que faisons-nous ? demande vivement le Tondu. Dès qu'il aura passé la douane, nous ne pourrons plus rien. »

Que faire en effet ? Nous précipiter tous sur lui avec Kafi ? À coup sûr, nous parviendrions à lui arracher la valise noire, mais il se débattrait sûrement et pourrait aisément nous accuser d'agression. Les agents de service interviendraient et, le temps de nous expliquer, de raconter l'affaire, l'homme prétextant un avion à prendre aurait tout le temps de filer.

Paralysés, ne sachant comment nous y prendre, nous le laissons gagner la file d'attente des passagers pour la Hollande.

C'est alors que Mady me serre vivement le bras et me désigne l'autre homme, celui qui lit tranquillement son journal.

« Oh ! Tidou, je viens d'avoir une intuition. Si... si...

— Si quoi ?... Dis vite !

— Si cet homme en gris était un inspecteur de police chargé de surveiller Mme Mourier. »

Mon sang ne fait qu'un tour. Comment n'y avoir pas pensé plus tôt ! Oui, cet homme surveille la femme de Mourier. Sans même penser que Mady pourrait s'être trompée, je cours vers lui.

« Monsieur ! Vous êtes là depuis très longtemps... Est-ce que, par hasard, excusez-moi si je fais erreur, vous vous intéressez à la dame en robe bleue, assise là-bas ? »

L'homme me regarde d'un air surpris, pardessus son journal, et je vois ses sourcils se froncer.

« De quoi te mêles-tu ? » dit-il d'une voix qui n'invite pas à insister.

Je poursuis cependant :

« Si c'est un tableau volé qui vous intéresse, il est dans la valise noire que porte cet homme chauve, là-bas, dans la file d'attente pour l'avion d'Amsterdam. »

Le mot « tableau » a immédiatement fait son effet. L'homme en gris replie vivement son journal.

« Le tableau ?... le *Saint Laurent* ?...

— Oui, dans la valise noire... »

Cette fois, aucun doute, Mady ne s'est pas trompée. Il s'agit bien d'un inspecteur de police. En quelques enjambées il rejoint la file d'attente, écarte les passagers et se plante devant le voyageur aux deux valises.

« Police !... Vos papiers ! »

Comme l'inspecteur, nous pensons que l'homme va protester, demander pourquoi on lui demande déjà son passeport alors qu'il va le présenter dans quelques instants au contrôle. Mais sa réaction est aussi violente qu'inattendue. En fait de réponse, il lâche ses bagages et décoche à l'inspecteur, au creux de l'estomac, un si violent coup de poing, que le policier s'affaisse sur le sol.

Cela s'est passé si vite que personne n'a rien compris... les passagers en attente croient que l'homme rougeaud a failli être victime d'un voleur qu'il vient de mettre K.-O. Moi-même, pendant une seconde, je me demande si l'homme que Mady a pris pour un policier n'est pas en réalité un rival de l'autre qui, averti que celui-ci emporte le fameux tableau, vient de chercher à le lui prendre.

Il s'ensuit un désordre indescriptible. Tout le

monde parle en même temps et nous n'osons intervenir. Dans la confusion générale, l'homme rougeaud a disparu. C'est Gnafron qui l'aperçoit le premier, gagnant en courant la sortie du hall.

« Vite, Tidou ! Il nous file entre les doigts ! »

Sans plus m'occuper du policier... (ou faux policier) que Mady aide à se relever, je lâche mon chien en lui commandant :

« Va, Kafi, arrête l'homme qui se sauve ! »

Mon chien se précipite, Gnafron, le Tondu et moi derrière lui. En quelques bonds Kafi a rejoint le fuyard, au moment où celui-ci atteint la grande porte. Kafi a été bien dressé. Pour lui, tout individu qui se sauve a commis une mauvaise action. Il se jette sur l'homme et j'arrive à temps pour l'empêcher de le mordre.

« Mais enfin, que me veut-on ? » hurle l'inconnu.

Nous nous contentons de l'entourer sous la menace de lâcher le chien s'il cherche à s'échapper. L'homme proteste encore vivement, mais sans oser bouger, effrayé par Kafi. Quelques instants plus tard, Mady arrive avec le policier qui, pour éviter toute équivoque, montre sa carte officielle. Furieux d'avoir été frappé, l'inspecteur saisit l'individu au collet.

« Ah ! vous me paierez ça... et cher, croyez-moi.

— Ex... excusez-moi, bredouille l'homme

d'un air subitement contrit. Je me suis mépris. J'ai cru que...

— Le tableau ?... Vous vous prépariez à l'emporter à l'étranger ?

— Le... le... Quel tableau ? Je ne comprends pas. Je suis venu à Lyon pour affaires. J'ai fait erreur tout à l'heure... mais vous aussi à présent. »

Il essaie de jouer à la victime, mais, pour mes camarades et moi, il cherche surtout à gagner du temps. Pourquoi ? Je saisis le Tondu par le bras.

« Viens vite !... »

Nous retraversons le hall pour revenir au point de départ, là où l'homme a lâché ses valises pour frapper l'inspecteur. Quelqu'un a repoussé la valise jaune qui obstruait le passage mais la valise noire a disparu. Je demande à un passager de la file d'attente qui a emporté l'autre bagage.

« Une dame, nous dit-il.

— Une dame en bleu ?

— En effet, je crois qu'elle portait une robe bleue.

— Vous ne l'avez pas empêchée ?

— J'ai cru que c'était la femme de l'homme qui a failli être volé tout à l'heure. »

J'échange un bref regard avec le Tondu. Nous avons tout de suite compris. De loin, dans son fauteuil, la femme de Mourier a assisté à l'incident. Elle a vu fuir son complice sans ses bagages et elle est vite venue récupérer la valise noire. Où a-t-elle filé ?... Elle n'est sûrement pas sortie par la grande porte. Nous l'aurions aperçue. Elle est allée cacher le tableau quelque part.

Le Tondu et moi revenons en courant vers l'inspecteur et nos camarades.

« La valise noire a disparu... la femme de Mourier aussi. »

L'inspecteur sursaute.

« Que dites-vous ?

— Oui, monsieur l'inspecteur, regardez ; le fauteuil, où la femme était assise, est vide. Nous avons la preuve qu'elle a emporté la valise noire et laissé la jaune. »

La réaction du policier est immédiate :

« Il faut tout de suite retrouver cette femme. »

Il nous demande de garder l'homme qui l'a mis K.-O. et court vers un poste téléphonique pour appeler le commissariat de l'aéroport. Puis il revient vers nous :

« Par où a-t-elle pu disparaître ?... Comment la retrouver ? »

Je sors de ma poche le gant bleu tombé sur le trottoir au moment où la femme s'engouffrait dans un taxi.

« Avec ceci, monsieur l'inspecteur !

— Un gant ?

— Faites confiance à mon chien. »

Je présente vivement le gant à Kafi qui reconnaît tout de suite l'odeur et tire sur sa laisse.

« Venez avec moi, le Tondu et Gnafron ! »

Sans hésitation, mon chien nous conduit vers le fauteuil, où était assise la femme de Mourier, puis vers les bureaux de contrôle. Là, il hume l'air plusieurs fois pour me signifier que la femme est bien venue à cet endroit.

« Plus loin, Kafi !... cherche ! »

Après avoir erré, la truffe au sol, au fond de l'immense salle, mon chien s'arrête devant une petite porte sur laquelle on voit écrit, en grosses lettres : *Défense d'entrer.*

« Elle s'est sauvée par là, dit Gnafron. Pas d'hésitation. »

Nous entrons dans le local, qui est en fait le centre de tri postal de l'aérogare. Un employé, en blouse grise, se précipite pour nous chasser, mais, impressionné par Kafi, il s'arrête à distance.

« Que pensez-vous faire ici ?... Vous ne savez pas lire ?... Vous n'avez pas vu l'écriteau ?

— Nous cherchons une dame qui a dû passer par là, une dame en bleu qui portait une valise noire.

— Elle ne parlait pas le français, nous n'avons pas compris ce qu'elle voulait. Je l'ai fait sortir...

— Par cette porte qui donne sur le hall ?

— Non, par là ! »

L'homme indique un portillon qui donne sur l'extérieur.

« Merci, m'sieur ! lance Gnafron. Ça nous suffit. »

Et nous voilà dehors. Kafi, tenu en laisse, continue de suivre la piste. Il se dirige vers les parkings où stationnent d'innombrables voitures.

« Curieux ! fait Gnafron ; elle n'est pourtant pas venue avec sa propre auto. Quelqu'un d'autre l'attendait ? »

Craignant que Kafi ne se trompe, je lui fais renifler une fois de plus le gant. Pas d'erreur, il ne demande qu'à aller de l'avant. Soudain, plus loin, derrière une rangée de véhicules, le Tondu découvre un écriteau : *Taxis. Tête de station.*

« Oui, s'écrie-t-il, elle est repartie en taxi, comme elle est venue... mais elle n'est sûrement pas rentrée chez elle.

— Bizarre, remarque Gnafron, à son tour, il n'y a aucun taxi à l'arrêt.

— Deux gros avions viennent d'atterrir, fait remarquer le Tondu, les taxis ont dû être pris d'assaut. »

La femme de Mourier a-t-elle filé ? C'est ce que nous nous demandons tous trois quand, précisément, arrive un taxi qui ralentit et stoppe sous l'écriteau. Au même moment la femme de

Mourier surgit d'on ne sait où, probablement de derrière une camionnette. Elle n'a pas lâché la valise noire. D'un geste de la main, elle fait signe au chauffeur qui descend de son véhicule. La scène se passe à cinquante mètres de nous. C'est tout de même trop. Alors, je lâche Kafi mais, malgré sa vitesse, mon chien n'arrive qu'au moment où le chauffeur vient de refermer la portière sur sa cliente. Heureusement, mon fidèle et intelligent Kafi a compris. Ne pouvant atteindre la femme, il s'en prend au chauffeur et se plante devant lui, crocs découverts, pour l'empêcher de remonter dans sa voiture. Ces quelques secondes de répit nous ont permis d'accourir. D'un coup sec, le Tondu ouvre la portière arrière. La femme se met à crier. Mais à trois, avec l'aide de Kafi, nous réussissons à nous emparer de la valise noire qu'elle serre contre elle.

Chapitre 14

La valise noire

Cinq minutes plus tard, accompagnés de la femme de Mourier, Gnafron portant la valise, nous rejoignons l'inspecteur dans le hall de l'aérogare.

« Venez avec moi ! » nous dit-il alors.

Il nous emmène au bureau de police de Satolas d'où il s'empresse de téléphoner au commissariat de Villeurbanne. En se retrouvant l'un près de l'autre, la femme et l'homme au cigare ont échangé un coup d'œil, un seul, mais qui ne m'a pas échappé... et c'est, pour moi, une certitude de plus qu'ils sont complices.

Remis de ses émotions, l'inspecteur fait d'abord ouvrir la valise jaune que Mady est allée récupérer. Elle ne contient que des vêtements, deux revues en langue étrangère, des objets de toilette. Nous ne nous attendions pas à autre chose... mais l'autre ?

Tandis que l'agent soulève le couvercle nous nous penchons tous, anxieux. Elle aussi ne semble contenir que des vêtements et objets divers mais en plongeant la main plus avant, l'agent sent quelque chose de rigide. Oui c'est bien un tableau posé à plat au fond de la valise mais à l'envers. L'agent le sort avec précaution et le retourne. Mady et moi poussons un « oh ! » de stupeur. Il ne s'agit pas du *Saint Laurent* de la chapelle mais d'un paysage traité dans le style moderne, un tableau bizarre où on reconnaît à peine des arbres et une maison. Notre « oh ! » n'a pas échappé à l'homme au cigare qui se tourne vers nous, presque arrogant.

« Eh bien, quoi ?... Vous vous attendiez à autre chose ? »

Pendant quelques secondes, je me demande si nous n'avons pas commis une magistrale erreur. Mais soudain, Mady se tourne vers moi :

« Ton canif, Tidou ! »

La toile entre les mains, elle l'examine de près. L'homme au cigare proteste à la vue du couteau.

« Tu ne vas tout de même pas !... une des meilleures œuvres de Roufleau... »

Mady hésite. Cependant, elle a deviné le truquage. Avec la pointe du canif, elle fait sauter un des clous qui fixent le paysage, puis, délicatement, elle soulève un coin de toile et s'écrie :

« C'est bien cela, il y a un autre tableau dessous... et c'est lui ! »

Impatiemment, elle fait sauter les autres clous, et le *Saint Laurent* de la chapelle apparaît, intact, portant bien les initiales : *J R.*

« Formidable ! » s'écrie le Tondu en sautant au cou de Mady.

Cette fois, l'homme et la femme ont perdu toute assurance. L'inspecteur se prépare à les interroger quand la porte du bureau s'ouvre en coup de vent.

« Que se passe-t-il ?... Le... le tableau ? »

C'est le commissaire de Villeurbanne qui arrive, alerté par le coup de téléphone de l'inspecteur.

« Oui, monsieur le commissaire, dit vivement Gnafron, le *Saint Laurent* est retrouvé, juste au moment où il allait filer à l'étranger. Il était temps. »

Ahuri, le commissaire pose d'abord son regard sur le tableau puis le promène de la femme de Mourier à son complice et à nous autres. Puis, au policier :

« Comment avez-vous réussi ?...

— Ce n'est pas moi, répond l'inspecteur. J'avais mission de surveiller la femme de Mourier au cas où elle chercherait à prendre l'avion, or elle ne portait aucune valise... Jamais je ne me serais douté... Si vous devez féliciter quelqu'un, ce n'est pas moi, mais ces jeunes gens. »

Le commissaire fronce les sourcils :

« Quoi ?... Ces gônes qui accompagnaient le curé de Saint-Laurent, l'autre jour dans mon bureau ?

— Eux-mêmes, avec leur chien... un chien qui ferait merveille dans notre police lyonnaise.

— Expliquez-moi !... ou plutôt, vous, jeunes gens, racontez ! »

Comme d'habitude, je laisse à Mady le soin de parler. Elle sait si bien dire les choses. La voix encore prise par l'émotion, elle explique comment, à partir du signalement de l'homme roux et grand, venu chez le peintre Colombani, nous avons mené notre petite enquête personnelle.

« Et ainsi, vous êtes parvenus à ce résultat ? C'est incroyable ! »

Du coup, le commissaire, que nous avions trouvé si sévère, et hostile, nous gratifie d'un sourire. Puis, reprenant sa voix grave et s'adressant à l'inspecteur :

« Où sont Chavanet, sa femme et Mourier ?

— Les Chavanet sont dans leur maison de campagne, puisque c'est dimanche... et Mourier est probablement chez lui, à attendre le retour de sa femme.

— Faites-les arrêter immédiatement. Qu'on les amène ici, à Satolas. »

L'inspecteur se précipite au téléphone et distribue des ordres. Pendant ce temps, le commissaire interroge l'homme et la femme... mais l'un et l'autre se taisent.

« C'est bon, fait le commissaire, vous laverez tout à l'heure votre linge sale en famille. »

Une demi-heure plus tard, deux agents amènent Mourier qui, en entrant, foudroie sa femme du regard. Trois quarts d'heure après, c'est M. et Mme Chavanet qui font leur apparition. Cinq coupables !... sans compter ceux qui sont restés dans la coulisse mais qui seront pris à leur tour.

Cette fois, le commissaire ne temporise plus... et les coupables ont compris qu'ils sont bel et bien perdus. Les premières, les deux femmes se décident à parler. De fil en aiguille, bribe par bribe, nous apprenons que nous nous trouvons devant une véritable bande de gangsters qui n'en sont pas à leur premier coup. *Art 2000* est en fait le repaire d'une équipe chargée du pillage des églises, chapelles, châteaux et autres lieux artistiques de la région lyonnaise... La plupart des chefs-d'œuvre volés passaient à l'étranger. Mais, les misérables le reconnaissent, le plus beau coup monté par la bande était le vol du *Saint Laurent* de Ribera.

Certes, nous nous attendions à faire prendre

des voleurs, mais pas de cette envergure. Un point reste cependant obscur dans les explications de l'équipe. À quel moment précis la femme de Mourier a-t-elle passé la clef du coffre ? À la sortie des passagers de l'avion d'Amsterdam ?

« Oui, avoue-t-elle. La veille au soir, j'avais téléphoné à Amsterdam pour dire que je serais vêtue d'une robe bleue, une robe à poches. Je me suis approchée de Rieter (c'est ainsi que se nomme l'homme au cigare) mais sans le regarder, au moment où les passagers se présentaient en foule à la sortie. Il n'a eu qu'à prendre la clef du coffre dans ma poche. C'était simple. »

Simple en effet, et si rapide que nous n'avions rien vu.

« Et pourquoi, demande Bistèque, au lieu de filer, sitôt la clef remise, n'avez-vous pas quitté l'aéroport ?

— Je voulais m'assurer que le tableau allait bien partir. J'attendais le décollage de l'avion pour téléphoner à Chavanet. »

Et la femme ajoute en regardant mon chien :

« Cette sale bête a tout gâché.

— De toute façon, fait l'inspecteur, ces jeunes gens surveillaient Rieter. Au dernier moment, ils ne l'auraient pas laissé filer. »

C'est fini. Leurs aveux passés, les cinq complices se laissent passer les menottes. Il ne reste plus qu'à faire venir un « panier à salade » pour les embarquer. Alors, nos pensées se tournent vers le peintre qui, lui, n'est pour rien dans cette affaire, ainsi que les malfaiteurs l'ont reconnu.

« Oh ! monsieur le commissaire, demande Mady, si vous pouviez le libérer tout de suite.

— Immédiatement... et je regrette d'avoir été obligé de le faire inculper. Tant de charges semblaient peser sur lui. »

En disant cela, il décroche le téléphone et compose un numéro.

« Allô !... Monsieur le juge d'instruction ?... Ici, le commissaire principal Solin... L'affaire du fameux tableau volé à Saint-Laurent... Oui, liquidée, les coupables arrêtés à l'instant, à l'aéroport de Satolas, au moment où la toile allait filer à l'étranger... Non, Colombani est hors de cause... Justement, il faudrait... D'accord !... Merci, monsieur le juge... »

Et, se tournant vers nous après avoir raccroché :

« C'est fait. Dans quelques heures il sera libre.

— Dans quelques heures seulement ? s'étonne la Guille.

— Le temps de régler les formalités.

— Si on pouvait prévenir sa femme...

— Elle a le téléphone ?

— Non. »

Le commissaire jette un coup d'œil sur sa montre et se gratte le menton.

« Midi et quart ! Dès mon retour à mon bureau, à deux heures, j'enverrai un agent la prévenir.

— À deux heures », répète le Tondu, l'air déçu.

Et, se tournant vers nous :

« Filons tout de suite à Villeurbanne, nous lui apprendrons nous-mêmes la formidable nouvelle.

— Un instant, coupe Mady. Il faudrait aussi prévenir M. Sabatier. Il doit être chez lui, au presbytère. Je me souviens de son numéro. »

Et, se tournant vers le commissaire :

« Vous permettez que je passe un coup de fil au maire de Saint-Laurent ? »

Chère Mady ! Elle est tellement émue que sa main tremble. Elle commence par former un faux numéro et tombe sur un marchand de légumes en gros qui raccroche aussitôt. Enfin, elle atteint le presbytère de Saint-Laurent.

« Allô ! monsieur Sabatier ?

— Lui-même.

— Ici, Mady... Une formidable nouvelle, comme dirait le Tondu. Le tableau retrouvé... oui, intact... Non, le peintre n'était pour rien dans l'affaire. On va le libérer... D'accord, nous monterons à Saint-Laurent cet après-midi vous expliquer tout ça de vive voix. C'est merveilleux. »

Puis, raccrochant le combiné :

« Et maintenant, tous rue du Cerf-Volant !... »

Épilogue

Dimanche 12 octobre ! Ce matin, le soleil s'est levé, glorieux, dans un ciel sans nuages, c'est une belle journée d'automne qui s'annonce. À midi, chacun chez soi, nous avons déjeuné en hâte pour ne pas manquer le rendez-vous fixé de bonne heure à la Caverne. Nous nous y retrouvons tous, plus ou moins endimanchés selon les goûts de chacun, le Tondu étrennant un béret tout neuf.

C'est que ce 12 octobre n'est pas un jour comme les autres. Cet après-midi, aura lieu la pose de la première pierre de la maison de retraite dont le maire de Saint-Laurent rêve depuis si longtemps.

Pendant les trois mois qui ont suivi l'affaire du tableau, M. Sabatier n'a pas perdu son temps. La cession, au musée du Louvre, à

Paris, de la fameuse toile de Ribera a rapporté une somme considérable à sa commune. Un architecte lyonnais a dessiné les plans d'un confortable immeuble pour abriter les vieillards du canton et aussi ceux des cantons voisins. Le terrain a été choisi, juste au-dessus du village, exposé en plein midi. Il ne reste plus qu'à commencer les travaux.

Bref, aujourd'hui a lieu la pose de la première pierre, par le préfet du Rhône en personne, qui s'intéresse particulièrement au sort des vieillards. Cette venue du représentant du gouvernement dans une aussi petite commune est un événement. Tous les habitants ont été conviés à assister au démarrage du chantier... nous aussi, bien sûr, ainsi que le peintre Colombani qui depuis « l'affaire », relatée dans tous les journaux de la région, a vu son talent reconnu et ne se contente plus de copier des toiles anciennes, mais fait enfin œuvre personnelle.

Dès une heure et demie, nous sautons sur nos vélomoteurs et en route pour Saint-Laurent. Il fait bon rouler, ni trop chaud ni trop froid. Mon fidèle Kafi me suit à pattes. Je l'aurais bien emmené dans sa remorque, mais il a préféré faire de l'exercice, ainsi qu'il me l'a fait comprendre en secouant la tête quand je l'ai invité à sauter dans sa caisse. En conséquence, pour ne pas le voir trop tirer la langue, nous roulons lentement.

Tout au long du chemin, Mady, qui roule à mes côtés, ne peut s'empêcher de reparler de « l'affaire », et de notre chance inouïe d'avoir retrouvé la boutique de la *Clef-minute...* ou plutôt de la *Clef-seconde.*

« En somme, dit-elle en riant, la plus belle intuition, Tidou, c'est toi qui l'as eue, en supposant que Mourier avait pris la clef chez les Colombani. »

Mais nous voici déjà à Saint-Laurent dont la grande rue, pour ne pas dire l'unique rue, a été décorée de banderoles. Si les gens du village ne nous identifient pas, ils reconnaissent aussitôt Kafi qui a eu droit à une photo dans le *Progrès.*

En nous apercevant, M. Sabatier se précipite, embrasse Mady, nous serre les mains et donne une tape à Kafi qui remue la queue.

« Ah ! jeunes gens, comme je suis heureux de vous accueillir de nouveau ici, en ce jour de fête... une fête que je vous dois à tous. C'est formidable, n'est-ce pas, le Tondu ? »

Le Tondu se contente de sourire en voyant que son mot favori a fait fortune. Mais le prêtre n'a pas que nous à recevoir. Il accueille le conseiller général du canton par une non moins vigoureuse poignée de main, puis ses collègues des communes voisines. Bref, il ne sait plus où donner de la tête.

« Cher M. Sabatier, dit Mady, je ne l'ai jamais vu aussi ému. »

Mais soudain, des remous agitent la foule. Une grosse voiture noire se fraie un passage dans la rue encombrée.

« Le préfet ! » murmurent des voix.

Le maire se précipite et salue le personnage galonné, qui sort de l'auto.

« Ah ! monsieur le préfet, que je suis heureux que vous nous ayez fait l'honneur d'assister à notre petite fête. Venez par ici... »

Une estrade a été dressée sur l'emplacement du futur chantier. C'est là que M. Sabatier conduit le préfet et que la foule se rassemble, tandis que la fanfare exécute un air entraînant.

Deux discours seulement sont prévus. M. Sabatier, le premier, monte sur l'estrade, un papier à la main, moins à l'aise que pour un sermon dans son église. D'une voix un peu cassée, car il n'est plus très jeune, il commence :

« Monsieur le préfet, monsieur le conseiller général, mesdames, messieurs... C'est un grand honneur pour moi... »

Et il continue, rajustant dix fois ses lunettes, s'embrouillant dans les mots, si bouleversé qu'il mélange les feuillets de son allocution.

« Pourvu qu'il tienne parole et ne parle pas de nous », dit Gnafron.

Non, le brave homme, ainsi qu'il nous l'a promis, ne fait aucune allusion à notre sauvetage du tableau. Quand, tant bien que mal, il termine son discours, la foule l'applaudit et nous soupirons d'aise.

Hélas ! le préfet qui lui succède sur l'estrade, n'a reçu, lui, aucune consigne. Il ne peut s'empêcher de parler de « cette sympathique équipe de jeunes gens qui, par leur opiniâtreté et leur dévouement, ont réussi à sauver le chef-d'œuvre de la chapelle et ont ainsi permis la réalisation de ce projet magnifique dont nous nous réjouissons tous », etc.

À ces mots, tous les regards se tournent de notre côté et de nouveaux applaudissements crépitent.

« C'était à prévoir, souffle la Guille, l'affaire a fait tant de bruit ! »

Enfin, redescendu de l'estrade, le représentant du gouvernement s'approche de l'endroit où la première pierre symbolique attend d'être scellée. La truelle en main, il jette un peu de ciment, et pose dessus la lourde pierre tandis que la fanfare exécute *La Marseillaise.* Alors le préfet se redresse et salue militairement, tandis que les hommes se découvrent. Pour la Guille, Bistèque, Gnafron et moi, pas de problème... mais le Tondu ? Il esquisse le geste de soulever son béret neuf, puis rabat sa main, la porte de nouveau à son couvre-chef et, finalement, l'arrache de son crâne lisse comme une boule de billard.

« Oh ! maman, s'écrie alors un gamin de

quatre ou cinq ans, en montrant le Tondu à sa mère, regarde ce garçon, à côté de nous, il a un “gros z’œuf” à la place de la tête ! »

La remarque est si drôle que nous nous pinçons les lèvres pour ne pas éclater de rire.

... Et c’est sur cette note de gaieté que se termine la cérémonie qui, comme nous l’a répété M. Sabatier, n’aurait peut-être jamais eu lieu sans notre entêtement... et sans le flair extraordinaire de mon fidèle Kafi...

Table

1. En sortant du lycée 5
2. Un peintre barbu 11
3. Le « Saint Laurent » a disparu 27
4. L'interrogatoire 37
5. Une serviette oubliée 45
6. La « clef-minute » 53
7. Un parapluie pliant 63
8. La galerie d'art 71
9. Le magnétophone 81
10. La villa « Belle-Vue » 91
11. Le gant bleu 107
12. Deux hommes... deux cigares 119
13. Un K.-O. inattendu 131
14. La valise noire 141
Épilogue 151

Composition ***Jouve*** – 53100 Mayenne

Imprimé en France par ***Partenaires-Livres*** ®
N° dépôt légal : 18407 – février 2002
20.07.0343.03/2 ISBN : 2.01.200343.5

Loi n° 49-956 du 16 juillet 1949
sur les publications destinées à la jeunesse